老來可喜

修訂版

畢璞——著

左上｜畢璞幼年時與母親合照於廣州先施公司

右上｜畢璞民國三十五年攝於廣州荔枝灣

右下｜畢璞民國四十二年和她的四個兒子攝於圓山橋下

左｜畢璞與夫婿林翊重攝於永和寓所

右上｜畢璞結婚廿週年時之全家福

右下｜畢璞在她的藍寶石婚紀念中，與夫婿及在台之三子林立、三媳及孫兒女合影

老來可喜，是歷遍人間，諳知物外。
看透虛空，將恨海愁山，一時挼碎。
免被花迷，不為酒困，到處惺惺地。
飽來覓睡，睡起逢場作戲。

——節錄　朱敦儒（宋）〈念奴嬌〉

【代序】老來可喜

西方人把老年分成三個階段：從六十五歲到七十五歲是Young Old（初老）；七十六歲到八十五歲是Old（老）；八十六歲以上是Old Old（老老）。上天垂憐，我這個七個月出生的早產兒，少年時以為自己活不到三十歲，居然有幸活到老年的第三個階段；雖然已經ＬＫＫ，但是頭腦還很靈光，行動也還自如，而且也能照顧自己，這就不能不感謝上天的恩賜了。

作為一個經歷了三個老年階段的人，我認為初老的十年真是人生最美好的黃金時期：退休了，不必每天早九晚五、案牘勞形；孩子們都長大離家，內外都沒有負擔，沒有壓力。此時的你，智慧已經成熟，人生經驗充足，身體健康也還可以；不妨與老伴到處遨遊，逍遙山水之間；或者利用空閒去學習一些新知，以趕上時代，悅性陶情。想做什麼就做什麼，豈非神仙不啻？

再來是第二個階段「老」，也很不錯，只要頭腦還清楚，體力也未衰，仍大有可為，一切量力，不可勉強；只要你自己會安排，這個階段仍不失為第二個黃金時代。等到第三個階段「老老」來臨，此時，絕大多數的人已經「視茫茫，髮蒼蒼，齒牙動搖」，也多數罹患了老人病如三高、心律不整、骨質疏鬆等等，健康急促退化，很多方面都已力不從心，因為老與病原是一對雙胞胎。不過，只要還能行動自如，能自理生活，腦筋依然清楚，就不必太悲觀，能做什麼就做什麼，凡事隨興隨緣，不煩心，不自怨自艾，人生最後的階段也可過得快快樂樂。

人老了，最忌倚老賣老、冥頑不靈、固執、囉嗦、挑剔、樣樣看不順眼，這樣的老人會被子孫和晚輩嫌棄，沒有人願意親近你，這不是自取其咎嗎？老人就要慈祥、和藹、親切、隨和、開朗，才能獲得別人尊敬；也才有資格被尊為「家有一老，如有一寶」。

人老了，想要過得快樂，得靠自己——自求多福。我們可以不服老，長保赤子之心；老當益壯，「老驥伏櫪，志在千里」；不知老之「已」至；活到老，學到老；心靈要有寄託；若是能擁有老伴、老健、老本、老友，這樣的老年，更復何求？明人袁枚有兩句詩：「除卻神仙與富貴，此生原不算蹉跎」，何等瀟灑，何等豁達，正好為不快樂的老人開解，為一般老人代言。

從袁枚的詩我又想到宋人朱敦儒的一首詞〈念奴嬌〉的前四句：「老來可喜，是歷遍人間，諳知物外，看透虛空」，這四句話不但深得我心，更值得所有的銀髮長者向他看齊。

在即將邁進九旬之際，除了對上蒼賜給我還算幸福的晚年感恩之外，想到自己已將近十年沒有出過單行本，這些年來雖然寫得少，但並沒有歇筆，為了不想在人生的最後階段交白卷，就發狠把這十年來發表過的作品整理一番，再加上幾篇以前未收進單行本的舊作，輯成一冊，作為這個「老老」階段的一個里程碑。

本書共分四輯：第一輯是「似水流年」，大部分是抗戰以來個人生命中的大事，尤其是來台六十年的生涯剪影。我用倒敘式的編排，從近年追溯到青少年及童年。第二輯是「人間重晚晴」，也是倒敘式，其中大多數是近年來的身邊瑣事或抒情詠物或歌頌大自然的小品文，這是我的最愛，也表達了我晚年愉悅的心情。第三輯是「懷念與追思」，是專為已去世的親人及好友而寫的悼念文章。第四輯「偶然的不幸」，把我從中年到老年多次跌倒或摔傷的經過，以及治療的過程向讀者報導，供年長的朋友作為前車之鑑。

這本小書大部分都是我近年的生活點滴，一方面作為個人的紀念，一方面也想與社會上的銀髮族分享我晚年的想法與經驗。一得之愚，只能算是野人獻曝；只希望我對老年的樂觀態度感染給讀者。但願即將進入老境的人能以歡樂的心情來迎接老年；已經躋身老年的人都能快快活活地安享晚景。「老來可喜」，願大家共勉。

畢璞

中華民國一百年夏

目次

輯二　人間重晚晴

輯三　懷念與追思

輯四　偶然的不幸

輯一　似水流年

桂林遺事

無緣無故地，不知道為什麼忽然想起了桂林。我想的不是我最愛的灕江山水，這些使我魂牽夢縈的美景可以在電視的螢光幕上看到。我想起的是抗戰末期我們一家避難在桂林兩年間經歷過的一些陳年瑣事。經過了七十年歲月的消蝕，那些往事都只剩下模糊、殘缺、破碎的記憶，既像是一場無法捕捉的依稀夢境；又像是一縷飄忽的輕絲，欲斷

畢璞少女時期。

還連，柔柔地綰住我心。那許許多多遙遠的陳跡，都曾經是我生命中的一小部分啊！叫我如何不想它們？

陋室居

雙親和我們姊弟七人在桂林大概住了兩年，其間曾經搬過一次家。第一次的住所我全無印象，第二次住五美路，是一棟二層樓的「竹織批蕩」房子。所謂「竹織批蕩」就是用竹子編成一片，裡外都用石灰（或水泥）塗滿，作為牆壁，地板則是薄薄的木條拼成，簡陋無比，也是為了配合戰時的克難精神，大家對此也沒有怨言。初住進去時，客廳唯一的窗戶只有木框而沒有玻璃，我居然想到用棉紙把窗框貼滿，還自以為很風雅的在每一格窗框上（大約六到八格，不記得了）用水彩畫上不同的山水或花卉，還配上一句古詩，然後再塗上桐油，這樣就不怕風雨了。

我現在已記不得那間陋室有多大，一家九口，怎樣安排床鋪。但我記得我居然擁有一張小書桌，就擺在那扇唯一的窗戶下，坐在桌前，隨時可以欣賞自己的作品。

我也不記得柔弱、不能幹、沒有烹飪經驗的母親當年如何負起這一大家子的三餐責任。她不會講國語，但我記得她常常在門口和鄰居的湖南太太，各用自己的方言，雞同鴨講，也可以聊半天的趣事。

那間「竹織批蕩」房子有沒廚房浴室，我全無記憶，卻記得我們深受那薄薄的天花板之害。樓上人穿木屐，一天到晚在他們的地板上踼踼躂躂地走動，不但製造出高分貝的噪音，還製造不少從板縫灑下來的灰塵，不知道我們一家人在吃飯時吃進了多少胡椒粉。

五美路（父親的友人戲稱我們五姊妹就是五美，其實那時么妹才不過五六歲而已）的陋室固然乏善可陳，有一點好處卻不容抹煞。它好像距離桂林的名勝之一——象鼻山頗近，所以我對象鼻山的記憶甚深。它就在灕江之畔，像是一頭胖胖的大象在臨流飲水，與對岸筆立的奇峰相映成趣。

第一次投稿

一九四一年底珍珠港事變，日軍占領了香港。第二年，父親帶著一家大小倉皇逃到澳門，大半年後他在粵西的都城找到一份工作，一家子又遷到都城。沒有多久，他在桂林的朋友邀他前往就新職，於是我們一家又從都城經梧州，迢迢遠路，到了桂林。

就在那間「竹織批蕩」陋室的桐油紙窗下，我這初生之犢把從澳門到都城一路上的新奇經驗寫了一篇名為〈粵西之行〉的散文，嘗試著投寄給一本32開本的小型雜誌《旅行便覽》（《旅行雜誌》的前身），那是我生平第一次投稿，想不到很快便刊出，還拿到了一筆小小的稿費。我喜孜孜地請父親陪我去買大衣，結果在桂北商場買了一件淺綠色的有點像絲絨的大衣，倒很配合當年的青春年華，可惜似乎沒穿了多少次，後來湘桂之役再次逃難時我竟沒有帶在身邊，下落如何，我完全不知道。倒是那本32開本的《旅行便覽》還一直保存到現在，是我第一次投稿的印證。

初識文化人

第一次投稿順利刊出，給予我不少信心與興趣。不久之後，我又再接再勵寫了一篇〈撫河舟行20日〉，大膽地投寄給當時很負盛名的《宇宙風》月刊。撫河為灕江的舊名，我把我們一家大小九人從梧州僱了一條木船，溯撫河北上桂林，二十天內，吃睡起居通通在一個不大的船艙中度過的經歷一一詳述。寄出不久，居然收到該刊主編葉廣良的來信說為了鼓勵年輕人，他決定採用我的稿子。驚喜之餘，在稿子刊出後，我就勇敢地去拜訪這位主編，並帶了我從十三四歲時開始寫的一本不成熟的舊詩去請他指教。葉主編不在出版社上班，而是在他的住家裡編稿。他住的也是一間簡陋的木屋，進門就是一道淺窄的木梯，人行其上就發出各種怪異的響聲。我永遠忘不了首次看見一位刊物主編時的印象：一個穿著汗衫、便褲、木屐的中年男子站在樓梯口，我還以為他是工友，問他：「葉先生在嗎？」原來他就是我崇敬的大主編。還好，他人很和善，又是廣州同鄉，我們雖是初識，倒也很談得來。離去時我把那本詩留下，他順手放在桌上，想不到又引來一段小插曲。那時大家都沒有電話，過了一陣子，葉主編又寄來一信。他說：他放在書桌上我的詩稿，在偶然中被他的一個訪客看到了，那個人是我的高中同學李瑞珍，世界不是太小了嗎？我不知道李瑞珍和他是什麼關係，不過我和她在學校時不是好朋友，就沒有想辦法和她聯絡。後來，聽說她跑到延安去了。在那個時代，這種事情常常聽到，倒也不足為奇。

又過了一段時期，我在葉主編家中認識了《宇宙風》的發行人林翊重，他年長我七歲，但我們有很多共同的興趣，像唱西洋歌曲、看西片、看世界名著小說……所以一見如故，很快成為朋友。有一次，他帶我去他家，他家在灘江南岸，要走過著名的花橋。可能就那麼一次，我就愛上了花橋。名字美，造型也美，三個半圓形的橋洞，與橋下的倒影合成了三個巨大的圓月，不需任何櫬托，自有引人入勝之姿。那天到了林氏出版社（即《宇宙風》社），可能因為交淺，林翊重並沒有邀我入座，我們只在門內站了一會兒就離開去別的地方。他告訴我，隔壁就是西風社，再隔壁是巴金的文化生活出版社。猗歟盛哉！三家赫赫有名的出版社在花橋之畔比鄰而立，豈非與早年台北市的同安街先後媲美？使我痛悔的是，我當時好像沒有注意到這三家出版社的模樣，真是如入寶山空手回，因為我以後就沒有再去林氏出版社。奇妙的是，湘桂之戰迫近，我們各自逃難，在貴陽我和林翊重竟不期而遇，在戰亂中，從普通朋友變成男女朋友，抗戰勝利後又成為我的丈夫。我深信，人生一切的遭遇，冥冥中自有命運的安排。當年，我若不是把稿子投寄給《宇宙風》，又怎會成為今日的我？

往事如煙，浮生若夢；過去的一切，已成逝水。在桂林避難的兩年，正是我剛剛跨入成人社會的時期，所遭遇的事物，何止上述的一點點？只因年代太久遠，大部分已經遺忘；憑著模糊的記憶，記下當年的點點滴滴，聊供回味罷了。

一百零二年十二月，《文訊》

從《諸葛神算》想起

日前在電視上看連續劇《三國》，劇中人諸葛亮正值青壯之年，意氣風發，指揮若定，激賞之餘，彷彿回到大量吞噬古典章回小說的初中時代，而諸葛亮正是我所崇拜的古人之一。同時，我又想到一樁與諸葛亮有關的奇妙往事。

那是我在香港上高中的時候，對日抗戰正在中國大陸如火如荼的進行著，由於日本軍閥的野心勃勃，世人皆知，與大陸只有咫尺距離的香港也驚覺到岌岌可危，而人心惶惶。有一天，父親從外面帶回一本名為《諸葛神算》的薄薄的書，說這本書現在很流行，書中的籤詩，可以算出每個人的前途或者命運啊！身為書迷，又是孩子中老大的我，立刻把書搶過來，照著書中的方法（好像是隨意選一個字，再根據它的筆劃數目與籤詩的編號核對），問東問西，也問不出所以然，也許是心不誠則不靈吧？直至有一天，父親和我一起又想求教於這本神算，我忘記了是父親還是我選的字，但是我們抽中的那首籤詩，我卻記得清清楚楚：「遇險不須憂，風波何足懼？若遇草頭人，咫尺青雲路。」哇！這是上上籤呀！那時的香港已有危城現象：缺糧、搶劫、小偷扒手到處橫行，父親挑著一家九口的重擔不知何去何從，愁得頭髮都變白了。但是，諸葛先生告訴我們：「遇險不須憂，風波何足懼？」這豈不是給父親吃下一顆定心丸？至於什麼是草頭人，管它的青雲路，我們就沒有多想了。

不久之後，日軍果然偷襲珍珠港，發動了太平洋戰爭，在日機不分日夜的轟炸下，香港淪陷了。我們一家幸而得以死裡逃生，苟存性命，然後展開一連串的逃難，最後總算在大後方桂林安頓下來。那本《諸葛神算》也許一直帶在身邊，但我們已沒有興趣去求籤。

來台後我偶然也會想起這首籤詩，也曾反覆思考到底有沒有「草頭人」這個人？然後終於省悟出：是丈夫的好友蔡先生，是他推介我丈夫到台北一家民營報社工作，我們才得以從大陸渡海來台的；否則的話，大概就要窩在老家遭受文革的厄運了。不過這個省悟延宕了很多年，我從不曾向丈夫提過，因為他並不知道父親和我求籤詩這件事，當然也沒有向「草頭人」蔡先生提過。現在兩人都早已辭世，也就無人可語了。想想《諸葛神算》還是相當靈，那個年頭，人的生命如螻蟻，朝不保夕，我們一家得以化險為夷，在戰火的邊緣全身而退，那不是應驗了「遇險不須憂，風波何足懼？」這兩句話嗎？「草頭人」蔡先生雖然沒有讓我們登上青雲路，助我們逃離赤禍，可比青雲路強太多了。如今想來，《諸葛神算》確有幾分神。

其實，我從小就不信怪力亂神之類，而且還曾經「叛逆」地破除迷信。我家過年時有許多禁忌（其他的家庭應該也一樣）：初一不說不吉利的話，不許掃地、倒垃圾，不許曬晾衣服等。記得我在上高小時，有一年的大年初一，我看見客廳的地板上都是瓜子殼，看不下去，又因為讀過孫中山先生少年時為了破除迷信而搗毀神像的故事，為了效法他，就大膽地拿起掃把去清掃。我家本有女傭，是她怕母親罵而不敢掃還是偷懶，我不得而知；不過我那次的大膽「叛逆」，並沒有挨罵，倒是奇蹟。

高中畢業時，校方要我們排隊上台領取文憑，輪到第13號時，沒有人願意要這個號碼。我當時很生氣：你們幹嘛這樣迷信，我偏不信邪，你們不要，我要。那天我是第13個上台領文憑的畢業生。不信邪的結果，我沒有錯。畢業沒有多久，就有兩位同學因病而在青春年華早逝。後來雖然因戰亂而各散西東，來台後得與兩位同學重逢，也聽到一些同學的不幸消息。這兩位有幸相逢的同學，一個移民美國，每年互寄聖誕卡，到前年，卡片有去無回，恐是凶多吉少。一個在台來往密切的，也在八九年前往生，我們這一班同學，除了不知道消息的以外，就剩下我這個曾經勇敢地排在13名上台領取文憑的人。13到底是不是個不吉的數字，我不知道。

既然從小就排斥迷信，長大後我當然也不信邪，不會去求神問卜。有一次，母親忽然心血來潮，找了一個相士到家裡來為她算命，也順便為我和二妹問前途，其他的弟妹們還未成年，就免了。算命師跟母親說的話我不記得。我那時新婚不久，他竟說我此生平平，但會生很多孩子。對二妹則說她將來會嫁得金龜婿，一生榮華富貴。當時我很生氣，不是忌妒二妹，而是氣他說我會有很多小孩。青少年時我曾經胸懷「大志」，想當校長或老師，以作育英才為己任，怎甘心做一個兒女成群的庸碌主婦？我猜他是以貌取人：二妹愛美，打扮入時；我則一身樸素，脂粉不施，所以他就如此這般下判斷了。可惜相士之言不幸而不中，二妹後來所適非人，一直關在竹幕中，六十歲時就在重慶因癌症去世。

那是我生平第一次算命，第二次也是最後一次是在一兩年後的香港。朋友C太太拉我陪她去算命，為了好奇，我答應了她。這位太太是我生平見過最美麗的人，臉蛋就像圖畫中的聖母瑪利亞，身材也高䠷，是個不折不扣的美人胚子。我們到了算命館，算命師認為是貴客臨門，立刻對C太太鼓其如簧之舌，天花亂墜吹捧一番，極盡阿諛之能事，C太太有沒有因此而心花怒放、沾沾自喜，因她是個寡言之人，她沒向我表示，我也不得而知。至於我這個陪伴在「聖母」身旁的平凡女子，算命師倒也沒有說出討厭的話，我只記得他說我是「文書來生」。這四個字語意曖昧，當時我也沒有深究，現在想來，倒有幾分靈驗，我這輩子從事的工作都與文及書有關。算命師之言，也許是巧合吧？而他對C太太的吹捧，卻是大錯特錯。這位受過高等教育、富家千金出身的C太太，不知為何嫁給一個年長她十幾歲，其貌不揚，又沒有固定工作的丈夫；幾年之後，C太太得了精神錯亂的病，不到三十歲就去世，真是紅顏薄命。更可憐的是，她遺下兩個幼兒，C先生無法撫養，交給所僱的乳母代帶，獨自到了台灣，不久再娶。然後，由於他從未給予乳母任何生活費，兩個孩子完全是乳母養大，父子多年不見；孩子稍大一點，就不認他為父了，這真是人倫大悲劇。從上面兩個例子看來，相士之言能信嗎？

我認為：命是先天的，所謂「天命」是也。運是後天的，與時代、大環境、家庭、個人的意志力有關。天命也許難違，運卻可以改造，端賴一個人的努力與毅力，是可以把命運扭轉的。那又何必去求籤問卜呢？偶然憶及《諸葛神算》這本書而聯想到青少年時期一些破除迷信等往事，瑣碎道來，聊以博君一笑而已。

一百零二年六月，《文訊》

不知何處是他鄉

我常常這樣想：假使沒有戰爭，我是不是會快樂地度過幸福的一生呢？照常理推算，應該是的。我原來就擁有一個快樂的童年，只因遭逢一連串的戰亂，這才不幸捲入十二年失學、逃難、流離失所的悲慘歲月中。

第一次戰亂是民國二十六年的對日抗戰，從此我失去了不知天高地厚的幸福童年，開始識得愁滋味。第二次是三十年（一九四一年）的珍珠港事變，使棲遲香江的我們一家飽嚐轟炸之苦，到處奔逃有如喪家之犬；我和弟妹們都失學，而我正開始編織的少女美夢也因此而破碎。第三次是三十三年秋的湘桂之役，它摧毀我在桂林的苟安歲月，與家人失散，成為烽火孤女。第四次是三十八年的國共內戰，則更影響到我往後的大部份人生。在廣州成家才三年多的我和丈夫，喘息方定，又得再度逃離，狼狽可知。而這更是四次影響我的戰禍中最嚴重的一次，它把我和故園完全切割，一去六十年。雖然二十多年前已可回去，如今兩岸也可直航，但到底是兩個不同的世界。

民國三十七年末，國內局勢已不平靜。丈夫從先翁手中接下來的《宇宙風》月刊漸漸難以維持，金圓券大幅貶值，上午收到的訂費及書款，到了下午就一文不值，變成廢紙，不但雜誌無法繼續出版，連一家四口的生活都成問題。我只好外出工作，在一家教會醫院的醫科圖書館擔任管理員，工作輕鬆，環境清幽，相當不錯。可惜大環境太可怕了，風聲鶴唳，一日數驚；三十八年四月，國軍撤離南京，更是人心惶惶。這時，友人推薦丈夫到台北的《公論報》擔任發行部主管，這不是逃離危城的好機會嗎？可是被金圓券拖垮的我們連旅費都籌不出。受過多次戰爭之害的我猶如驚弓之鳥，天天催促丈夫快點動身，他被我催急了，兩人幾乎翻臉。這時我的父母已帶著弟妹們先到香港避難，父親捨不得我遠赴台灣，寫信給我，要我帶孩子到香港住在娘家，讓丈夫獨自去台灣，以後再想辦法到香港和我們團聚。老實說，那時的我對台灣可說毫無所知，但年輕的我膽小卻富冒險精神，很想多去一些陌生的地方看看；最重要的是不想和丈夫分隔兩地，就婉拒了父親的好意。現在想來，這是對不起他老人家。

坐困愁城中，自是度日如年。有一天丈夫興沖沖從外面回來，大聲說：「我們可以走了，喏，船票在這裡。」「哪裡來的錢呀？」我狐疑地問。「搶銀行的呀！」他故意賣個關子，後來才告訴我是一位同鄉資助的。感謝這位同鄉，我們終於可以離開危城了。三年半前丈夫和我在勝利復員後赤手空拳來到廣州建立我們的小家庭，重新出版《宇宙風》，迎接了兩個孩子，也曾經擁有過一段幸福的歲月。誰想得到，又得再度逃難？在驚惶中，我向醫院辭了職，就和丈夫帶著兩個幼兒倉皇上路，時為三十八年六月下旬。

我們搭的是一艘客貨兩用的輪船，艙房裡有兩張雙層床。

倒楣的是，開船不久就遇到颱風，丈夫和我及二歲半的大兒都暈船暈得一塌糊塗，動彈不得；不滿週歲的二兒卻若無其事。因為我們都無法起床餵他吃東西，小娃兒就在床上爬來爬去撿拾餅乾屑來吃，看得我眼淚直流，卻又無能為力。逃難嘛！哪有不吃苦的？誰叫我們生逢亂世？

就這樣，我們從唐山到了台灣。船抵基隆，我們又搭火車來到台北。六十年了，我依稀記得從火車站坐人力車到康定路報社的情景。人力車的車輪很大，坐在車上有點高高在上的感覺。車子走過炎熱而冷清的街頭，路旁疏落的椰子樹迎風招展，是唯一的點綴。

我們的落腳處是一棟三層的木造日式樓房，左邊是辦公室，右側是員工宿舍。大概我們來晚了，分配到的是三樓一間四疊半的小房間，除了地板上的榻榻米，其他空空如也。迷糊而有點好奇的我，對這簡陋得不能再簡陋的住處居然不以為忤，欣然接受，甘之如飴。從這一天開始，我們就在這塊陌生的土地上展開新生活。

本來是遠庖廚連開水都不會燒的我，初來乍到一個新環境，只好硬著頭皮，試著洗手作羹湯，解決一家人的民生問題。在擁擠的公共廚房裡，我不會生炭火，不會做菜，笑話百出。宿舍裡的太太們，不論本省或外省，都對我這個廚房生手十分同情友善，原諒我握筆的手不會拿鍋鏟，隨時支援；有時還幫我照顧孩子，相處如一家人。

不久之後我找到工作，恢復職業婦女的身分，就雇用一位歐巴桑來替我處理家務。這時，我家的語言相當複雜：我跟丈夫說粵語，跟孩子們說國語，跟歐巴桑說閩南語。丈夫是閩南人，當然左右逢源。我初學時閩南話說得結結巴巴、辭不達意，後來因為從宿舍中的太太們那裡耳濡目染，而漸漸得心應手，可以跟別人流利交談，自覺是來台一大收獲。我對台灣的食物也很適應，大概因為和家鄉地理位置接近的關係吧，不是說「閩粵一家」嗎？

歲月如流，彈指間不覺一個甲子已經過去。其間我們搬了幾次家；我換了幾份工作；孩子們長大成人，出國深造，成家立業；第三代陸續來臨；丈夫和我相繼退休；丈夫因病辭世；如今的我已是皤然一嫗。

感謝上蒼，讓這塊土地上的住民過了安定的六十年，這真是全民的福分。六十年佔了生命的絕大部分，我們這一群從唐山渡海來台的少年人，都垂垂老矣，早就融入島上生活的我們，根本分不清哪裡才算是故鄉，更「不知何處是他鄉」了。當年，假使我聽從父親的話去了香港而不來台灣，那今天的我又會是怎樣的一個人？我相信，冥冥中自有命運之神的安排吧。

九十八年七月，《文訊》

永和的文友們

假使說居留了六十一年的台灣是我的第二故鄉，那麼，一住三十八年的永和就是我的第三故鄉了。我父親是廣東順德縣潭洲鄉人，母親是廣東花縣人，我上小學時籍貫一欄填的都是廣東順德，到了快畢業時，潭洲改隸中山縣，從此我變成了中山人，是國父的小同鄉呀！我高興又得意，引以為榮。可惜，父親從未帶我們回鄉，可能是我們家人丁不旺，家鄉已沒有親人的關係。因此，我這個真正的故鄉只是一個名字，我對它既無概念，也沒有任何認知。事實上，在廣州出生的我，從小就認定它是我的故鄉；然而，我在廣州也沒有住多久，加起來不會超過十年，其他住過的地方如香港、澳門、天津、桂林、重慶等，還有抗戰時逃難住過的一些城鎮，才湊滿二十幾年。離開大陸時，又有誰會想到居然在這兒一待就超過一個甲子，他鄉變成了故鄉呢？

剛到台北時，我們住過長沙街、康定路、漳州街，都在城南。大約在民國五十五年，我們遷到永和，永和也位於台北市的東南，過橋就是公館或重慶南路。據說永和居民以公教人員及上班族佔多數，學校也不少，當年，我們毫不考慮就搬過來。最初我們住在距離中正橋不遠的和平街，樂華戲院和永安市場都在附近，相當方便。

一年後我們搬到中正路靠近南勢角的一幢公寓二樓。這公寓很新，格局方正，比起和平街的老舊，住起來舒適多了。這時我在中國時報工作，每天搭12路公車上班，也很方便。不久，我漸漸認識了一些住在永和的文友，住得最近的是呼嘯，我家的後陽台斜斜對著他家的後陽台，上班等公車時也常會碰到。他告訴我朱嘯秋就住他附近，不過我從未碰到過。鍾麗珠住在中安街，走路十分鐘就到。後來聽她說郭晉秀也搬到她家對門。據我所知，住在永和的文友很多：陳紀瀅、王藍、公孫嬿都住竹林路；劉枋住中正路；梁丹丰、蔣竹君住永和路；章一苹、蘇晨住水源路；匡若霞住智光街；芯心住南勢角。現任逢甲大學校長黃震台是我二兒台大化學系的同班同學，他家就住在我們斜對門的樓下。他和也是同班同學的孫璐西結婚時，本要請我二兒當伴郎。那時可能是剛畢業不久，二兒還沒有購置西裝，以至失去機會。黃校長雖不是文友，他和孫教授都是名人，因而順便一提。

八年後的一天，我從家裡沿著中正路往北走，到了秀朗路口時，無意中看見一面寫著「秀朗大陸新村吉屋出售」的廣告牌。忽然想起好友黃和英（曾以「艾佳」為筆名在我主編的「甜蜜的家庭」用信箱方式為讀者解答家庭問題，後來也在國語日報編過家庭版）在赴美定居之前，曾想把她在大陸新村的公寓廉讓給我，而我卻因手頭存款不足而婉拒。現在，這塊廣告招牌似乎在向我招手，這不是一種巧合嗎？我按址走進這個社區，不覺眼前一亮：整齊的巷弄，新蓋的樓房，環境也很清靜，比我現在住的公寓好得多了，而且又是新建的，剛完工。

喜新厭舊，見異思遷的我挑了一層三樓進去參觀，一看就十分滿意。回家打電話給正在上班的丈夫，叫他自己去看看。他看過後也喜歡，就訂了下來，在民國六十六年的暮春搬進去，從此一住二十九年，這幢位於福和橋附近，新店溪河堤下的公寓，也的確帶給我們很多好運。

住進秀朗大陸新村，才發現這一帶文友之多，出乎意料。我住的是10弄，新落成，從2弄到8弄，則是已蓋好幾年。黃和英當年住的是2弄，聽說還有兩位華視主播也住那裡。夏祖麗住8弄，她告訴我：女詩人敻虹就住在我斜對門樓下，但我不認識她，也從來未見過她，好像不久就搬走了。季季、心岱、羊令野都住秀朗路；孫靜芝住得和路；陸白烈住國中路；丘秀芷、符兆祥住永安街；他們搬離後幾年，張漱菡也搬到永安街。我偶然在公車上會碰到雪韻，知道她也住在附近。夏鐵肩住在成功路的一條巷子裡，距離大陸新村很近。若干年後，段彩華也搬來我們隔壁的國泰新村。至此，我們這一帶文友更多了。不過，這些文友只是我知道的，不知道的或者漏掉的，一定還有不少。現在，文中提及的名字，由於年代久遠，有大半的人已經過世，也有人移民國外，有人搬離永和，還留在原址的，恐已不多，想到「訪舊半為鬼」這句杜詩，不禁唏噓不已。

如今我也離開永和將近四年，回想永和最後一幢、也住得最久的大陸新村舊居，的確給予我們一家不少庇佑。三兒四兒先後成家立業或出國深造，我升格為祖母，也意外獲得一分合乎興趣的工作，直到退休。我出國旅遊多次；也出了好幾本書；一家三代十八人，個個健康。唯一的憾事是丈夫晚年多病，於十年前身故，我在這幢公寓裡獨居了七年才搬離。近年，每次坐車經過公館圓環，我總會望向福和橋，為我一住將近四十年的第三故鄉永和祝福。

我懷念永和的故居與鄰居；懷念曾經在永和住過的文友；懷念中正橋頭的豆漿油條燒餅；甚至懷念光顧多年，曾經嫌棄過的傳統市場；也懷念一切永和有關的人、事、物；畢竟四十年是一段很悠長的歲月啊！俱往矣，舊事如煙如夢，還想它做甚麼？

九十八年五月，《中華副刊》

西門懷舊

走出捷運西門站，在深秋午後仍然相當炎熱的陽光下，我和大兒佇立在街頭眺望著：右側，中華商場早在多年前拆除，鐵路平交道也已拆掉；新世界戲院、西瓜大王已經消失；只有左側的紅樓劇場翻新

中華商場尚未拆除前的西門圓環

後倖存；成都路，沒有太大改變，依稀可辨。這就是五十多年前我們居住過的西門町嗎？還是二十、三十年前的西門鬧區電影街？不，世事滄桑，風流雲散；這些年雖然也曾偶然路過，但一切都已無復舊觀了。

大兒這次從海外回來探望老媽，雖則來去匆匆，逗留期間不多，但他堅持撥出半天時間陪我回到我們來台最先落腳，而且一住十五年的故居——《公論報》宿舍舊址去懷舊一番。我們規畫從漢中街走向峨嵋街到康定路，再從康定路左轉到成都路，回到原點。

走進漢中街，我最先想到的是巷內的「一條龍餃子店」，那是我們以前常來光顧的；還有目標顯著、我們也常來觀影的「萬國戲院」，都已不見了。再往前走，到了昆明街口，我記得十字路口左上角的一家麵店，本省口味的雜菜麵湯汁乳白鮮濃，配料也營養而豐富，可說是人間美味，而今安在哉？從昆明街口往西走，到了康定路口，就是我多年來魂牽夢縈的故居。右側是煤氣公司舊址，原來那座巨型球狀的煤氣槽早已拆卸，現址是一個小型廣場；對面的一棟樓房當年是《聯合報》舊址，和《公論報》社斜角相對。而不遠處的成都路底則是《新生報》的員工宿舍，這個地帶在當年也算得上是文化地區吧？

我和大兒坐在廣場邊的矮欄上，抬頭正好看見我們故居而現在是拆建後的樓房側面的兩扇窗，那兩扇窗後不就是我們當年一家六口棲遲了十五年的小窩嗎？

民國三十八年六月，丈夫和我帶著一個兩歲半、一個不滿一歲的幼兒，為了逃避赤禍，從廣州坐船來到台北。當時也許太年輕，對這塊陌生的土地一切都充滿了好奇。儘管言語不通，飲食不合口味，住的地方太簡陋，沒有抽水馬桶，睡在榻榻米上不習慣等等，都甘之如飴。我更從一個連開水都不會燒的書呆子磨練成天天得為全家人三餐奮戰的家庭煮婦；從對閩南語有如鴨子聽雷到上菜場買菜討價還價幾可亂真被當作是本省人。這都算是我離鄉背井來到台灣的收穫吧？

大兒的記憶很好，此刻他還告訴我一些我後來上班去不知道的事：他和弟弟在窗台上玩耍，把兩個小熱水瓶掉到樓下（還好沒砸到人）；他穿著木屐在樓梯上奔跑，整個人滾到樓下，摔到聲音都發不出來，但是卻沒有受傷；小弟（後來我們又添了兩個男孩）跟著三個哥哥出去玩，不小心掉到一個小水池裡，後來自己爬了出來。這些事情我現在聽了還覺心痛：我是個多麼不負責任的媽媽呀！還好當年我都沒有在場目睹，否則更是會自咎數十年。

剛來台的那幾年，颱風、地震特別多。我們住的那棟日式木造樓房，屋齡已久，地震也許還經得起，颱風則是不堪一擊。我們住二樓，不至漏雨；但是魚鱗板壁後的泥牆卻不只一次被風吹垮，弄得滿室爛泥、一塌糊塗；於是父子五人就得做苦工，合力把爛泥剷起來拿到街上的垃圾箱去倒掉，再由我來收拾房間內的殘局。

我們在這棟危樓一共住了十五年，住到大兒上了大學才搬離。在這段漫長的歲月裡，雖然也有過因報社欠薪沒有錢買菜，以豬油醬油拌飯吃的苦日子；但也有過很多歡樂：我開始爬格子，結交了新朋友；也開始狂熱地喜愛古典音樂，靠著一部老式收音機，陋室中日夜播放著名曲的旋律。音樂慰藉了我們的心靈，也豐富了我們的精神生活。大兒就是在這種環境的薰陶下，日後棄文從樂，出國後選擇了改修音樂。

追憶不盡的陳年往事一天一夜也說不完，炎陽也把我們烤得有點受不了。走，我們去另一個值得懷念的地方。我們走到故居的樓下，大兒不但準確地指出原來報社大門和宿舍入口的位置，還記得騎樓下一個麵攤、一個豆漿攤、一個燒餅攤擺放的地方。

從康定路左轉成都路，就是我四個兒子都在這裡念了六年的西門國小，而他們也在這裡度過了快樂的童年。隔壁的美麗華戲院是現在國賓戲院的前身。過了昆明街口，就是我們從前天天光顧的世運麵包店，胖胖的老闆看來臉熟，恐怕已是他們的第三代了吧？斜對面的天后宮是成都路的地標，香火依然鼎盛。當年在廟門口賣愛國獎券的「獎券西施」當然早已不在，但我還約略記得她有著少許雀斑的容顏。

西門市場是我來台早年還沒有找到工作每天都提著菜籃報到之處，我想來重溫舊夢，可惜已經拆除，變成了一處表演的場所。紅樓劇場原來也是市場一部分，現在是一個小型博物館，陳列了一些舊報紙、海報、商標、印刷品和骨董家用品等，令人興起了思古的幽情。紅樓旁邊的幾家小商店也依稀當年模樣，我總是來買香皂、牙膏、毛巾、碗盤，還有孩子的內衣、襪子、球鞋之類，現在想起來，真彷彿是遠古的事。

走出紅樓，已回到捷運西門站的原點，我們這對耄耋老媽花甲兒的西門懷舊之行已到尾聲。將近六十年的往事堪重數嗎？往事真的如煙？不過那煙是靜止的，像在圖片裡一樣，永遠不會飄散。

九十八年二月，《文訊》

六十年來家國

假如他還健在，今年國慶日就是我們的鑽石婚，也是我們的六十周年家慶，翊重和我是在民國卅四年抗戰勝利後第一個國慶日在重慶結婚，每年十月十日都歡慶國家雙慶。自從五年多以前他辭世後，我不再慶祝家慶；但是牆壁上仍高掛著我們在四十周年紅寶石婚和五十周年金婚與在台的三兒一家合照的全家福，鑽石婚的照片雖不可得，這一天卻是我心目中最重要的日子。

個人的命運和國家的命運真是息息相關，密不可分；自從抗戰開始，我的命運就完全被時局主宰，一切似乎都有一隻冥冥中的手操控著，不論是禍是福。

假如不是由於戰事，我只是一個不知天高地厚、鎮日埋頭書本的小女孩，不會跟著父母千里迢迢到處逃難。從民國二十六年抗戰開始，我們一家從廣州逃到香港；民國卅年，香港淪陷，我們又逃到澳門。然後，又從澳門到粵西的都城，再到廣西梧州而桂林。一家九口，到處奔逃，猶如喪家之犬，到了大後方桂林，才得以安定下來，喘一口氣。

父親有了工作，我們七個小孩卻全都失學。我幸運地考進了粵西鹽務局當一名小小僱員，不錯的收入，稍可挹注家計。一向喜歡舞文弄墨的我，在公餘之暇，把逃難的部份經過寫出來，大膽地投給著名的雜誌《宇宙風》。主編為了鼓勵年輕人，錄用了我的稿子，並把我介紹給身為發行人的翊重，因為志同道合，認識後彼此欣賞，很談得來。假如我不是投稿給《宇宙風》，怎會認識他？這是命運之手的第二次安排。

幸運之神並沒有眷顧我多久，卅三年夏末，湘桂撤退，我們又再度逃難。父母帶著弟妹們回粵，我跟著機關疏散前往貴陽。一路上，有時徒步，有時乘車；白天喝路旁販賣的米湯解渴，晚上就睡在學校硬梆梆的課桌上餵蚊子。經柳州到金城江這一段路，我和我的同事們還曾經坐在火車運貨車廂的行李堆上捱過了好幾天。火車的車頂和車底都擠滿了逃難的老百姓，險象環生，而火車的進行有如牛步。一路上說不盡的艱危困苦，抵達貴陽時已是深秋了。

最悲慘的是，千辛萬苦把我們帶到貴陽，局方卻把我們這一批新進的女職員就地資遣。在兵荒馬亂的時代，又是人地生疏，我們這群少女真是前途茫茫，徬徨無告。也許是天無絕人之路吧？在一次空襲警報後，我獨自在街頭徘徊，竟然在擁擠的人群遇見了他，我本來並不知道他也逃到貴陽來的。這次的意外重逢，成了我生命中最重要的時刻。他告訴我他要到重慶去繼續出版《宇宙風》，邀我同行。我因為已無法跟家人聯繫，落難他鄉，有如天涯孤女。遇到故知，自是喜出望外，何況重慶又是我最嚮往的心目中的聖城，就欣然同意。不久之後，他和他的表弟與我就一起乘公路車攀山越嶺，間關入蜀。我們自許是東方三博士，到抗日的精神堡壘——陪都重慶去朝聖。卅四年元旦，我們終於來到重慶南岸海棠溪。我們下車伸展蜷縮多天的腰桿和雙腿，俯視腳下黃濁的嘉陵江，仰望陡峭的朝天門石階，忍不住興奮地高呼：「重慶，我們來了！」

到重慶不久，我就考進西風社當校對，工作相當繁忙，晚上還得在「宿舍」搖曳閃爍的燭光下趕看校樣。而所謂的「宿舍」只是一間小小的木板隔間房間，給我和另一女職員居住，沒水沒電，晚上老鼠出沒，連放在床尾的棉袍都被啃了一個洞，現在想起來真是不寒而慄。後來我轉到陪都青年館任職，不但待遇較佳，宿舍又是西式建築，工作也比較不繁重。在這舒適的環境裡，我得以稍解思念父母之情。

這時，重慶已沒有再遭到敵機的轟炸，市面一片繁榮；儘管前線的將士仍在浴血苦戰，大後方的老百姓總算得以安居樂業。我和他的感情也日進，從貴陽來到重慶這一趟旅程，一路上都受到他的照顧與扶持，我已認定是可以託付終身的伴侶；但因我們都有著「匈奴未滅，何以家為」的豪情，也不敢有成家的念頭。

然後，那令我永遠忘不了的一天來臨了。那是六十年前的八月十五日，我和他正坐在重慶市中心一家咖啡室裡，啜飲著黃豆粉製成的土咖啡，品嚐著同樣以黃豆粉製成的蛋糕。忽然間，門外衝進來幾個美軍，又跑又跳地高喊：「日本投降了！我們可以回家了！」接著就跟在座的人一一握手，恭賀我們抗戰勝利。這突如其來的喜訊使我們驚喜若狂，雀躍不已。街上的炮竹聲也開始爆開，此起彼落。滿街的人都又叫又笑又跳，氣氛比過年還熱烈。八年來，多少軍民犧牲在敵人的炸彈、機鬬鎗、手鎗和刺刀下；多少同胞遭到姦淫擄掠；多少家庭妻離子散流離失所；多少田園被蹂躪破壞；這是中國人空前的大劫難，一幕幕的血淚史是說也說不完啊！現在，可怕的夢魘終於過去，謝天謝地，我們都可以回家了。

「回家」？我的家在哪裡？一想到失聯一年多、生死未卜的雙親和弟妹，笑語方歇，我的淚眼已開始模糊。

正因為「回家」這個念頭，促成了我們成家的想法。他要陪我南下尋親，也決定了選擇廣州作為復刊《宇宙風》的基地。我們挑選勝利後的一個國慶日作為婚期，取國家相慶之意。婚禮極為簡單，只宴請了一桌至親好友，到照相館拍了一張全家福就算數；而我的新娘服還是向同學借來的一件絲質旗袍。我們的證婚人是名作家巴金先生，他是先翁林憾廬先生的摯友，這使得我們寒傖的婚禮生色不少。三十多年後，留美的大兒從紐約回到他父親的故鄉福建廈門去探望年老多病的祖母。路經上海時，特地去拜訪巴金先生，他老人家居然還記得在渝曾為我們福證這回事，真令人感到榮幸。

婚後我們立即南下返粵，青春作伴好還鄉，因為對前途充滿憧憬而頗有點意氣風發。在廣州我們建立了第一個家，也幸運地很快就和避居鄉下的我的父母家人聯絡上，而《宇宙風》也得以在次年恢復出版。

快得就像錄影帶倒帶一樣，六十載光陰倏忽已如逝水，我也從當年的花樣年華變成了皤然一媼。自從抗戰開始，多次與國運有關的「偶然」把我和他的命運結合在一起，讓我享受了五十四年幸福的家庭生活。如今我家雖因缺少了男主人而不再慶祝家慶，但與我的家慶同過了一甲子的國慶卻將永遠慶祝下去，直到永遠，這是我衷心的頌禱。

九十四年，《中央副刊》

我家二「老」

——德國自鳴鐘與手搖縫衣機

半夜醒來，萬籟俱寂，很想知道時刻，又懶得伸手開燈，只有憑經驗猜測，連車聲都沒有，大概是深夜一點到三、四點之間吧？這時忍不住深深懷念起那座跟隨我們超過半世紀的德國自鳴鐘起來。說懷念有語病，它現在正安穩地坐在我隔壁的房間裡，只是它早已停擺，也發不出每半小時一次的清脆鐘聲而已。

這座鐘造型簡單莊重，烏木的外殼，圓形的鐘面，流線型的設計，很耐看。丈夫視之如寶，不辭勞苦，把它從他的家鄉輾轉帶到台灣，經常替它上油保養。幾十年來，它盡忠職守，日夜滴答不停為我們報時數，每半小時也會敲一下。從前我經常失眠，在它清脆的鐘聲陪伴下，便覺長夜不那麼難熬。

後來這座鐘的機件漸漸失靈，常常停擺。素有「修理家」美譽的丈夫雖竭力維修，可能它太老舊了，仍難挽回頹勢，變成走走停停。那時，丈夫的健康也亮起紅燈，不太有體力和精力去修理各種物件。他常把鐘當作自己，鐘不走動，他就認為自己也不好了；偶然修好，恢復滴答，他便喜不自勝，覺得自己還有希望。其實這是互為因果的，他身體狀況良好時，有精神去修理（曾經幾次把這座鐘送到鐘錶店請師傅們修理，始終沒有人會修），鐘自然會走，他沒有精神體力去修，鐘也就隨之停擺罷工了。

如今，它依然擺放在他臥室的案頭上，上面就懸掛著他的遺像。他自從民國八十八年九月廿一日大地震那天住進醫院後就沒有回來過，而這座陪伴他半個世紀以上老鐘也從此停擺，清脆的鐘聲已成絕響。在天國的他會想念他的老鐘嗎？老鐘又是否會想念疼愛它的主人？

「唧唧復唧唧，木蘭當戶織」，我不是花不蘭，唧唧聲也不是發自織布機而是發自一台手搖縫衣機。現代人已很少自己縫製衣服，即使是電動縫衣機也極少家庭使用，更何況比腳踏縫衣機更古老的手搖縫衣機？很多人恐怕都沒有看過，而我還偶而在使用，真是今之古人。

這台縫衣機跟那座德國老鐘一樣跟隨我們也已經五十多年。我不知道它的確實年齡，去查世界百科全書，原來十九世紀中葉就發明了腳踏縫衣機：一八九八年就有電動的。那麼，這種手搖的豈非起碼有一百五十多年的歷史？哇！它可是一件骨董啊！

它也是跟著我們渡海來台的，陪我們度過了一段艱苦的歲月。早期，我還想過利用它縫製童裝出售來維持家計，後來因為這種製作速度太慢，無濟於事而作罷。不過，四個孩子小時候的衣服、一家六口需用的床單、枕套、被套、窗簾之類，以及六個人衣服的修改、縫補，全靠我像古代的花木蘭一樣，坐在窗前，使用這台手搖縫衣機，唧唧復唧唧，慢慢搖出來的。

孩子們漸漸長大，穿學校制服的時間比較多，同時市面上也很容易買到成衣，縫衣機的功用就不那麼重要，變成了我個人專用。我利用它把買回來的成衣長袖改短袖，大領改小領，寬腰改窄腰，倒是非常管用。後來，我有一陣子熱中於拼布；又有一陣子愛做填充玩偶和布娃娃，它都成為我的得力助手。否則，靠著兩根手指頭和一根針，我對手工藝品製造的熱忱又怎能提得起勁來？

可惜，隨著歲月的流逝和社會環境的變更，衣服不再需要自己縫製、修改；而我也逐漸失去了製作工藝品的閒情和興趣；這座追隨我們五十多年的名牌「勝家」手搖縫衣機已英雄無用武之地，遭遇到投閒置散的命運，它雖然仍在我的臥室內佔了一席之地，但我已難得使用一次。

德國自鳴鐘、勝家手搖縫衣機，它們都是我家的二「老」，也是我家的二寶，我會永遠珍惜。

九十三年，《中華副刊》

自從大難平地起

雖然我那南中國的家鄉距離萬里長城數千里之遙遠；可是，數十年來，我每次唱到「長城謠」中「自從大難平地起」這一句，就會熱淚盈眶，心頭一陣愴痛。歌詞中的「大難」指的是九一八事變，而我的以及當年全國四萬萬五千萬同胞的大難卻是民國二十六年七月七日日軍所發動的盧溝橋戰事。那天的一聲砲響，徹底摧毀了我原來幸福的童年，也改變了我以後的命運，成為我此生心中永遠的痛。事隔多年，走過抗戰歲月的人都早已白了少年頭，我無意再挑起陳年的仇恨，然而又叫我怎能遺忘？

那一年的暑假，我原是一個快樂無比的初中學生，我躲在自己的房間大量閱讀章回小說，偷偷學寫舊詩；在屋頂陽台種花、放風箏、踢毽子，根本未識愁滋味。然後，噩運來了，日軍席捲華北以後，繼續南侵；不久，我的家鄉廣州也遭到轟炸，那是我生平第一次接觸到戰爭。在頭上呼嘯而過的重型轟炸機聲，天崩地裂的炸彈聲，令人窒息的燈火管制之夜，固然把我嚇得心膽俱裂，不過最使我傷心的是學校宣布停課了，我記得那時我們在上暑期輔導班，當老師說出這個不幸的消息時，我馬上想起國文課本中曾經讀到的法國作家都德所寫的「最後一課」，難過得直想哭。

那次真的是我在廣州市市立第二中學初中二年級所上的最後一課。不久之後，我們全家逃到香港，我失學了一段時期才跳級考上高中。在香港度過了四年多安定的日子，戰爭的魔掌又攫住我們。窮兵黷武的日本軍閥，佔領了大半個中國大陸後又發動了太平洋戰爭，在一九四一年（民國三十年）十二月七日拂曉偷襲珍珠港。接著，香港也開始挨轟炸。這是我第二次和戰爭作正面接觸，空襲之慘烈與次數之頻仍比起在廣州時更甚，我們一家在彈雨中能夠倖免於難，可說是萬幸。港、九淪陷之後，頓時變成了人間煉獄；糧食缺乏，盜匪橫行；父親工作的公司關門了，我和弟弟妹妹們全都再度失學，日日坐困愁城，不知如何是好。最可怕的是，日軍每到一地，必定到處找「花姑娘」供他們洩慾。淪陷後，港九的年輕婦女不但不敢上街，在家裡也都以布包頭，打扮成老婦，甚至用鍋垢把臉塗黑，希望藉以避過日軍的凌辱。

有一次，果然有日軍來敲門，母親和我們幾個小孩嚇得躲在房間裡縮成一團。父親戰戰兢兢去應門，那個日軍嘰哩咕嚕說了一堆話，父親聽不懂，那傢伙居然就走了。父親一身冷汗，臉色死灰，關好門進來和我們大家相擁，不禁流下了男兒淚。這次總算是逃過一劫，以後呢？一想到這裡，每個人都不寒而慄。不行，此地已不可留，再次逃難吧！我們像很多急於離開的人一樣，顧不了士大夫階級的觀念，把一些不方便帶走的東西拿到住家附近的一個運動場去擺攤子，一家人輪流去做了幾天臨時攤販。結果好像並沒有賣掉什麼，兵荒馬亂的日子，人人都想離去，誰還要添購身外物呢？

這次我們逃到澳門。父親得了腳氣病不能出去工作，一家大小九口嗷嗷待哺，我身為長女，既然已經失學，就毅然挑起養家的重擔，去當起小老師來。本來我有著滿腔的雄心壯志，準備大學畢業後要出國深造的，而父親也有意栽培我。誰料生不逢辰，在這節骨眼上，留洋的美夢又遭日敵粉碎，也因此而改變了我一生的命運，這對從小就被「萬般皆下品，唯有讀書高」觀念深植腦海的我而言，可說是此生心中永遠的痛。

我們一家在澳門居留了大約只有半年，父親有一位在粵西都城經商的朋友邀他去幫忙，於是父親就拖家帶眷去上任。都城是自由區，但是我們從澳門前往卻必須經過已經淪陷的中山石岐。當我們通過日軍戍守著的關閘時，我永世都忘不了那時的屈辱：寇兵強迫每個人向他們鞠躬為禮，為了不吃眼前虧，為了苟存性命，儘管恨得咬牙切齒，也只好敢怒不敢言，低頭照辦。可憐我那只有幾歲的幼弟不懂事，他本來不必那樣做的，竟也模仿大人的動作依樣葫蘆，看得我心頭滴血。那是我第一次跟敵人正面接觸，雖然全家人幸而平安度過，但是我手提箱中的一些比較珍貴的個人收藏品像自來水筆、小玩藝、羊毛圍巾，還有一塊我自已繡的鉤花桌布等都被寇兵搜刮了，可見他們的軍紀蕩然。

都城之後，我們全家又遷到桂林。桂林是大後方名城，相當繁榮。我既無法復學，剛好那時的鹽務局招考職員，便去報考，而且很幸運地考上了，捧到了人人稱羨的金飯碗。不幸，才工作了三個月，湘桂告急，鹽務局一面撤退，一面遣散一部分新進女職員，而我是其中之一。我那時已和家人失散，惶惶然如喪家之犬，自覺有如天涯孤女。這是在日本侵華戰爭中我第三次遭到戰禍，再度逃離。還好，這也是最後一次，因為，第二年，也就是民國三十四年，日本軍閥長期侵略的結果，導致泥足深陷、日暮途窮而不得不投降。

八年抗戰中，日軍對我國老百姓姦淫擄掠，殺人如麻，手段之殘酷，令人髮指。比起很多人在戰爭中家破人亡或者肢毀身殘，我個人只遭受過幾次空襲，逃過三次難，實在算是不幸中的大幸。然而，我因戰爭而失學，因失學而影響到我的一生，這筆帳我又該找誰去算？

八十六年，《青年日報副刊》

克難新娘

婚前，準新娘在兩塊純白的緞子上用端正的小楷字親自繕寫結婚證書；結婚當天，新娘向她的閨中好友借了一件黑絲絨外套和一件花綢旗袍，作為她的大禮服，襟上別上了婆婆送的一束茉莉花作為唯一的裝飾，跟新郎一家去照了一張全家福；晚上，就在新郎家中宴請了一桌至親好友，在結婚證書上蓋了章，算

是完成了兩人的終身人事。

這場簡單的克難式婚禮，是我在民國三十四年十月一日在陪都重慶和丈夫林翊重結婚的經過。形式誠然十分寒傖，意義卻十分隆重。因為我和他初識於湘桂撤退前的桂林，邂逅於兵荒馬亂中的貴陽。然後在逃難到陪都的路上萌生出愛情的花朵。在渝的十個月交往中，早已論及婚嫁；只因國難方殷，我們都抱著匈奴未滅，何以家為的想法，不願為了兒女私情而影響到他的事業和我的學業。那時，他正艱辛地維持《宇宙風》月刊的出版；而我也因戰亂而與家人失散，並且輟學工作。如今，抗戰勝利了，前途驟現曙光，青春作伴好還鄉，他要陪我回廣州去找尋父母，也同時在廣州替《宇宙風》打天下；於是，就這樣決定了婚期。

我的父母不在身邊，但是我已達法定年齡，就斗膽地私刻了一個我父親的圖章蓋在主婚人的名字下。而我們的證婚人就是如今仍然健在、赫赫有名的作家巴金先生。他是先翁憾廬先生的摯友（我們結婚時，先翁已去世兩三年，我跟他老人家始終緣慳一面），婆婆請他來為我們證婚，可說是恰當不過的人選。有了這樣一位德高望重的證婚人，自是更增加了我們寒傖婚禮的隆重性。

事實上，十月一日只能算是我們婚宴的日子；十月十日才是正式的婚期。那天婚宴過後，他送我回到我的公家宿舍去，因為我們已計畫南下復員，所以並沒有準備愛巢。直至國慶日那天在重慶南岸海棠溪登上了南下的公路車，才開始我們的蜜月之旅。也因此，四十五年來我們都以國慶日作為我們的結婚紀念日，取其家國雙慶之意。

在廣州，我輾轉找到了我的父母。雙親不但沒有因為我擅自結婚而怪責我，反而以他們的新姑爺是名門之後而大表歡迎。何況，我們家是五女二男（我是長女）的局面，一向陰盛陽衰，我為他們帶來一個半子，自是求之不得。

長子元於婚後第二年冬天出生。這時的《宇宙風》在我們夫妻以及社中同仁的胼手胝足共同努力下，業務欣欣向榮，我一則因身為人母，二則對辦雜誌有相當濃厚興趣，已把學業置於腦後，一心要做「社會青年」。可惜好景不長，一年半之後次子中出世時，時局開始丕變，金圓券貶值有如山倒，收回的書款形同廢紙，我們想當「出版家」的美夢也頓時成空。《宇宙風》就此停了刊。

卅八年來到台北，卅九年三子立來臨，四十年夏又一個小壯丁——么兒平報到，一家六口，生活的擔子相當沉重。我在桂林時就是因為投稿給《宇宙風》而認識翊重的，這時，在奶瓶尿布的紛擾中重新拾筆，辛勤地在方格子上耕耘，靠著微薄的稿費，加上兩個人在報社工作僅足溫飽的待遇，經過二十年的艱苦奮鬥、克勤克儉，居然也把四個壯丁栽培成材。用「成材」在形容自己的兒子，以乎不夠謙虛；可是，要是只用「成人」兩字，又未免抹殺他們小小成就。我家的四壯丁，在十幾二十年前的留美潮流中，老大、老二、老么先後負笈太平洋彼岸。老二的學歷最高，是博士後研究；老大、老么也獲得了碩士學位。老三雖然為了侍奉雙親而沒有出國留學，今天也是企業界的總字級人物，總算各有所成，不負雙親的期望。我在二十年前即已成婆，十三年前晉級祖母。如今，四子都早已成家，我們家由小倆口變成了十七口——四子、四媳、七個孫兒女；十七人中有十一人分住在美國三個不同的城市，在台北的只有老三一家和我們二老。

四十五年的流水帳終於記完，看流水帳也許令人乏味，但是不如此則無以交代這些年來的陳跡往事。流光飛逝實在驚人，我記得在結婚二十週年時寫過一篇〈相家二十年〉，五年前寫過〈四十顆紅寶石〉；想不到，第四十五個週年藍寶石婚又已成過去。

近十年來，我們家已進入所謂「空巢期」，兩人過著簡樸的生活，相依為命，日子雖然寂寞，卻也怡然自樂。我們都不事浮華、不擅交際；最難得的是我們都喜愛清淡的口味，為了健康而趨向於茹素，這使得我這個廚房中的拙婦不必為了兩個人口味不同而大傷腦筋。

我們相識於桂林，結合於重慶，成家於廣州，到了台北而綠葉成蔭，把這幾個城名連結起來，似乎可以讀到了一頁中國的近代史；而我也正是一個沒戴過新娘紗的勝利後的克難新娘。

八十年二月，《文訊・六十四期》

小老師生涯憶往

「周先生，不要走嘛！不要走嘛！我們捨不得妳，我們捨不得妳！」我從校長室裡走出來，跨下樓梯的時候，一大群學生在後面送我。

我回頭一看：那個圓臉的小女孩；有著一雙大眼睛的小冬瓜；梳著雙辮，斯文得像個大姑娘的美芙；頑皮的阿吉……那些平日跟我比較接近的學生；從一年級到六年級的，全都跟在我後面，向我揮動著小手。美芙和幾個年紀較大的女生都哭出來了，我清楚的看見了她們眼裡晶瑩的淚珠。

「孩子們，不要難過，我會再回來的！」我強忍著已經在眼眶中打滾的淚水，哽咽著回答，急步走下樓去，走出了大門。我有再回去過嗎？沒有！從那個時候起，到現在為止，已經二十幾年了，我從來沒有回去過一次。我欺騙了那群天真的孩子！

那時的我，也還只是一個孩子，做夢也想不到，在一個偶然的機會中，竟做了孩子的老師，變成了猢猻王。

一九四一年的十二月八日，那個倒楣的日子，我終生也忘不了。那天早上，我和我的同學們，正在香港的加路連山球場上體育課。當我們正穿著白色的棉毛運動衫和白色的長運動褲在初冬的球場上活躍著的時候，突如其來的，老師去接完了電話回來，臉色凝重地向我們宣佈：日軍偷襲珍珠港，太平洋戰爭爆發了，校方已採取了緊急的停課措施，要我們趕快回家去。

那真是一個晴天霹靂！原來快樂而安定的生活一下子就解體了。緊接著的就是令人心膽都碎的空襲，轟炸機在頭上呼嘯而過，炸彈在四周發出震耳欲聾的巨響。整個香港變成了死城。父親失去了他的工作；我們小孩子失去了上學的機會，大家除了隨時擔心死亡的來臨外，還得為買不到糧食而擔心。這就是戰爭。而我，卻是第一次和它面對面地這麼接近。

日軍佔領香港以後，很多很多的居民開始逃難了，我們也是其中之一。

澳門是我們的第一站。

在那裡，我們過著有生以來最艱苦的歲月。失了業的父親患了嚴重的腳氣病，躺在床上。一家九口，靠著平日的一點積蓄維持生活。想到坐吃山空，來日方長，雙親都愁白了頭。

身為長女的我，那時雖然還是在不識愁的年紀；不過，由於處在那非常時期，也曾經擔任過不少艱巨而奇特的任務。譬如說，在離開香港之前，我們曾經像大多數要離去的人一樣，在街上擺過地攤，賣掉一些不必要的東西。到了澳門以後，我和二妹更經常的在天未明時就去排隊買配給米和配給麵包。當過「攤販」，在黝黑的早晨大街上排過隊，能說那不是奇異的經驗嗎？

也許就因為我還不識愁吧？在那些日子裡還過得挺快樂的。閒來無事，看看小說，畫畫漫畫，要不，就是跟妹妹們玩玩紙娃娃。

但是，卻有這麼一天，我忽然變成了小老師。

父親天天吃不加鹽的眉豆煮蒜頭，腳氣病很快就好了。有一天，他從外面回來，輕輕鬆鬆的問我：「孔伯伯那邊有個女教員請了產假，他叫妳去代一個時期，妳願意去嗎？」

我完全沒有考慮，也是輕輕鬆鬆的，就答應了下來。真是說也奇怪，我從來沒有出去做過事，教書不是一件簡單的工作，我怎敢輕易答應呢？是長女的責任感在鞭策著我嗎？父親說孔伯伯說明了束脩是每月銀洋四十元。在父親還沒有找到工作以前，這個數目對家計也不無小補呀！

弟弟妹妹們聽說我要去當老師，都對我表現出由衷的敬意。只是，一提到孔伯伯，大家都伸了伸舌頭說：「孔伯伯好兇啊！妳不怕他嗎？」

真的，我和弟弟妹妹們對孔伯伯都是非常敬畏的，儘管他對我們十分親切。不知怎的，他那嚴肅的外表、方正的行為，總是使我們害怕。我們在家裡玩麻將和天九牌，一聽見他老人家駕到，就嚇得甚麼似的，趕快把「賭具」收拾起來，把現場消滅。

而明天，我就要到他所開辦的學校去當小老師了，世事豈能逆料？

我到了那間外表一點也不堂皇的漢文學校。孔伯伯好像早就預料我一定會來的，完全沒有感到意外的樣子。他簡略地告訴我，我擔任的是四年級的級任，此外還要教五六年級的算術、一二年級的音樂、美術和體育；總之，每一天的時間都排滿了。這時，我根本就沒有拒絕或者考慮的餘地；加以，我那時正是初生之犢，所以，仍然欣然地一口承擔下來。

孔伯伯帶我去見同事們。我的天！坐在教務室中的，除了一位二十來歲的女體育教員外，其他都是中年人，甚至還有老年的男士。我這個黃毛丫頭在這裡算老幾呀？

然而，這些「老」先生對我都和善得很哪！原來他們大部份都和父親認識的。其中一位六七十歲的長者，是孔伯伯的叔父，他告訴我，他跟我去世的祖父還是朋友哩！這位長我兩輩的老先生，對我特別慈藹，也特別謙虛，堅持不肯直呼我的名字而稱我為「周先生」，真是令我汗顏無地。

在帶我進教室以前，孔伯伯交給我一根教鞭，並且特別吩咐我：「學生不聽話時一定要打，不可姑息。」

我接過那根藤鞭，心中大不以為然。這是什麼時代啊？還要體罰？這是我跟孔伯伯在教學上觀點不同之一，以後還有許多彼此間的歧見，不過始終卻沒有發生過衝突。關於體罰這個問題，想不到到了二十多年後的今日，在台灣仍「盛行」不衰，這又是始料未及的。

我第一次進去的教室是三年級，教的是算術。這是非常輕而易舉的工作，我教得很順利，學生們也很歡迎我。這是可想而知的，他們平日接觸的盡是一些可當他們祖父與父親的「老頭子」，個個一本正經，不苟言笑；如今換了一個年紀就像他們姐姐一樣的女孩子，他們怎會不高興？

一整課，一整天，我都沒有動用那根籐鞭。

下課回家以前，孔伯伯問我：「妳怎麼不用鞭子？他們是挨打慣的，妳不打他們，他們會欺負妳。」

孔伯伯的臉上罩著一層薄霜，我默然了。為了那四十元銀洋，我只有妥協。不過，我還是盡量避免打孩子們的小手，就算萬不得已，也打得很輕。我聽見孩子們在互相耳語：「周先生打我們，根本一點都不痛。」

第二天，遇到了一節一年級的體育課。真不明白，學校不是有一位專教體育的女教員嗎？為什麼還要我擔任這種課程？我自己在學校裡，由於體能較差，體育的分數老是在及格的邊緣，如今那有資格教人呢？最妙的是，漢文學校沒有操場，也沒有空地，體育課只能在一間空的大廳裡面上。面對那三四十個拖著鼻涕、張大嘴巴、好奇地瞪視著我這個新來的小老師的小不點兒，我真不知道如何是好。

「你們有誰帶毽子或者跳繩來了？」忽然間，我靈機一觸，就這樣問他們。

「沒有，我們都不敢帶來，孔校長不准我們踢毽子和跳繩。」一個圓臉的小女孩，伶牙俐齒地回答我。她就是王靜芷，我走的時候哭著送我的那個圓臉小女孩。

啊！不准踢毽子，不准跳繩。難道要他們在這個大廳賽跑、打球？我用手支著前額，想了一會兒。有了！

「小朋友，我們來做遊戲好不好？」我問。反正他們還小得很嘛！就把他們當作幼稚園學生看待啦！

「好啊！好啊！」孩子們高興得跳起來。

我叫他們背牆而立，排成圓圈，開始做「貓捉老鼠」的遊戲。現在我已忘記這遊戲怎麼做，當年卻是懂得的。孩子們開心地玩著，開心地笑著；我雖然沒有玩，但是也笑得很開心。突然，我發覺孩子們的笑容凝結了，在奔跑跳躍著的腳步也凍結了。我愕然愣住，他們看見了什麼怪物啦？

朝孩子們的視線回轉頭。在大廳的門口，昂然地、肅然地、如一尊塑像般站著的，不正是孔伯伯嗎？他炯炯的目光透過眼鏡片凌厲地望著我，他那件白夏布長袍襯托得他那高瘦的身軀有如天神。

「孔伯伯……」我訥訥地開了口，不知道發生了什麼事。

「孩子們太吵了，影響到其他班級上課。妳管一管他們好嗎？」孔伯伯的眼色雖凌厲，聲音倒是很柔和。

「是的，孔伯伯！」我垂下了眼皮回答，自己覺得雙頰熱辣辣的。

「你們不許吵鬧，要聽周先生的話，知道嗎？」孔伯伯又向孩子們吩咐一句，然後邁著大步走開。

像是自己做錯了事似的，我頓時覺得在孩子面前再也抬不起頭來了。孩子們多懂事，他們反而安慰我哩！

「周先生，我們還是不要做遊戲算了，做遊戲太吵。」小小的王靜芷鼓著圓圓的兩腮對我說。她的「體貼」，使我感動得幾乎落淚。

「那麼，以前的先生上體育課時教你們什麼的？」我只好向孩子們求援了。

「做柔軟操。」孩子們異口同聲的回答。

呀！做柔軟操！我整個人都癱軟了。整整半個鐘頭的去做那乏味的、呆板的柔軟操，叫我怎受得了？叫活潑的孩子們怎受得了？還好，下課的鈴聲及時救了我。管它呢？體育一星期只有一節，到下星期再說吧！

就這樣，我開始了我的小老師生涯。原來說好只代課一個月的，但是請產假的那位老師因為身體不好，一直不能回來上課，我只好一直代下去，一直代到我們離開澳門為止，差不多有一個學期之久。

那個時候的學生，年齡不像現在整齊，而且大多數都比現在的學生年齡大。五、六年級的學生，有的居然已經十六、七歲，看起來跟我一般大小。於是，在放學的時候，我雜在學生的隊伍中走著，就有一些好事的路人在指指點點：「喂！你們看，這位大姑娘到底是先生還是學生呀！」

孔伯伯在呈報教員名冊給當地的教育機構時，也覺得我的年齡太小給我加添了幾歲。同學中的「老」先生們全把我當作孫女或女兒看待。唯一的女教員陳小姐更是把我看作她的小妹妹，在她的指點下，後來我教一年級的小孩子作柔軟操就沒有那麼乏味了。

在漢文學校，我所擔任的學科，簡直是十項全能。除了中高年級的算術，低年級的體育、音樂和美術外，還要教六年級的作文。孔伯伯為什麼這樣安排，我始終不明白。

那時，我自己還是個學生，小學的算術還沒有忘記，自然教得很順利。至於教作文，也是我之所長，因為我從初中時代就醉心文學，讀過不少中外名著，國文一科的成績，在班上一向是首屈一指的；現在當了老師，不是正好一展所「長」嗎？那時的小學生，還多數能夠寫文言文，而且國文的水準也比較今日的學生為高。我對學生們的每一篇作文，都細心的加以批改，絲毫不苟。不知怎的，學生的作文簿給擔任六年級任的孔老先生看到了，他老人家馬上對我大為欣賞，大大誇讚了一番，使我不禁有點飄飄然。

教體育，也許使我感到苦惱；教音樂、美術，卻又正投我之所好。本來，我在家裡就喜歡哼哼唱唱；現在，我把自己在小學時所學過的歌曲一古腦兒全都搬出來，還把「一百零一首最好的歌」裡面的兒歌譯成中文，教孩子們唱。好在漢文學校沒有鋼琴和風琴，也沒有規定音樂課本，所以我這個沒有學過音樂的人也得以濫竽充數。

教美術，更是容易。就算自己不會畫圖，每一課都叫孩子們畫「自由畫」也無所謂；何況，我對美術並不算是門外漢。

我在校時畫圖總是得A，我所臨摹的好萊塢明星像又是同學們搶奪的對象。現在，我每一課都畫圖在黑板上讓孩子們照著畫，我畫米老鼠、白雪公主、唐老鴨、大力水手等等有趣的卡通人物，無形中也提高了他們畫畫的興趣。

我愛教低年級的孩子，由於他們的天真無邪，可以使我的童心回復。像圓臉的王靜芷，有一雙大眼睛的胖娃娃小冬瓜，還有頑皮的阿吉等，都是我最好的玩伴。在課餘，我常常跟他們一起踢紙球、「跳飛機」，忘記了自己已為人師表。我也愛教高年級的孩子，因為他們的年齡跟我接近，已有資格做我的朋友。像六年級的美芙，那位十六歲的大姑娘，已長得跟我差不多一樣高。她常常望著我身上所穿的旗袍，羨慕地說：「周先生，妳這件衣服真好看。」然後，就滔滔不絕地開始跟我談起女兒經來。有一次，我送了一個當時很流行的花髮夾子給她，她高興得什麼似的，天天都戴著來上課。

我代課代了人約快有一個學期吧！有一天，父親告訴我們一個好消息：他的一位友人請他到桂林去合作一樁生意，我們全家就要離開澳門了。當時，我們姐弟們全都高興得跳了起來，因為我們知道，到了桂林，我們便有復學的機會。

在漢文學校教了近半年的書，我已得到了孔伯伯相當的器重。他不再反對我那新式的教學法，也不再強迫我對學生施行體罰。不過，他的風度也真好，為了我的前途，他並沒有挽留我教下去。相反地，他還挺洋派地自動為我開了一份「服務證明書」，在證明書裡著著實實地把我誇獎了一番。這份「服務證明書」我雖然始終還沒有拿出來炫耀過，可是，我至今仍珍藏了在箱子裡。

一眨眼，我這半年的小老師生涯又已逝去二十幾年了。前兩年，我在臺北又有過一次「誤人子弟」的經驗；每當我站在講臺上的時候，就會情不自禁地想起那段有趣的往事。

如今，孔伯伯已仙逝多年，不知道漢文學校還能夠在那特殊的環境中進行華僑教育不？

《中央副刊》

我又回到那棟陰涼的住宅中

那天，當我正在午睡的時候，也許是家人替我把窗帘拉上的吧？我閉著的眼皮突然感到一陣陰涼的舒適，就在那一剎那間，似真又似幻，我彷彿回到我童年的家中——廣州河南嶺大校園中一座陰涼的住宅裡。

我無意偷用莫里哀「蝴蝶夢」中的第一句：「昨夜我又做夢回到蒙特里。……」然而，我當時的感覺確實如此，三十多年了，平日我根本很少想到這棟住宅，為什麼那天我忽然又

「身」歷其境呢？是時光倒流？像「珍妮的畫像」中那個畫家一樣的回到過去中？還是我的靈魂偶然作一次出竅之遊？

我的童年生活是多姿多彩的，我去過很多地方，換過很多住所；然而最令我懷念的還是嶺大的那幢二層樓小洋房。那天，我在夢幻中，只是推開紗門，走進綠蔭搖曳的清涼的甬道中，還沒有登堂入室就醒了，多可惜啊！

那時，父親在嶺大教書，我就在附屬的幼稚園就讀。幼稚園離家不過幾分鐘的路，我天天騎著三輪腳踏車去上學，同學們都很羨慕我的神氣。可不是？到現在為止，我也還沒有聽見過有人用三輪腳踏車做上學的交通工具哩！

我們住的那幢房子，我還記得清清楚楚，進門是一條短短的甬道，甬道右側有一個電話間，一個客人洗手間，然後是樓梯。進去便是客廳，地上鋪著厚厚的地毯，擺設的都是一些又笨又重的深褐色檜木家具，還有一個永遠不必生火的壁爐，完全是歐洲的老式佈置，典雅而古樸，正適合學人住宅的氣氛。我們孩子們在這個客廳可樂了，我們把巨大的椅子倒下來當作小屋，當女僕阿月捲起地毯擱在樓梯上要洗地板時，我們就騎在地毯上從樓上滑下來，把它當作滑梯。

客廳隔壁是起居室，這裡有一張用鐵鍊吊著的木吊椅，它也成了我們孩子的室內鞦韆。當我們坐在吊椅上盪來盪去時，從那扇落地大窗可以望到屋後的一大片稻田，風景雖然單調，空氣倒是極清新的。

連接起居室的是飯廳，當中擺著一張橢圓形（也許是長方，不大記得了）的餐桌，也是深褐色的檜木做成，桌面很厚，仍是給人以古老的感覺。從這間飯廳我又聯想到兩個人，他們是母親的表弟，那時還在讀大學，在我們家搭伙，卻不大理人。他們不跟我們一起吃，什麼菜也不要，每人每頓都是只吃兩個荷包蛋，據說這樣才夠營養。多可笑！怪不得他們兩個都那麼瘦弱蒼白，完全一副白面書生的樣子。

樓上是臥室。我們小孩子對臥室是不大感到興趣的，我唯一記得的一件事是，每天早晨，我們憑窗下望，總看見一個穿著白綢襯衫和馬褲的少女在大道上馳馬，她的頭髮和紗巾都在曉風中飄揚著，好不瀟灑！她是父親的學生，看見我們，就向我們揮揮手，用英文說一聲「早安」。天曉得！假使不是父親給我們翻譯，我們是連這兩個字都聽不懂的。

屋子的前面是個小花園。門前一棵含笑花，終日散放著甜香；園角的幾樹木瓜，是我們饗客的佳品；廚房外面的幾株夜香花，女僕時常採擷下來用以炒菜，至今我仍然記得那盤菜餚特有的芬芳。

我小時相當野，在那樣廣闊的校園中，真是得其所哉。下了課，我就和小朋友到處玩，常使得母親沒有地方找。我們在樹林中捉迷藏，在草地上打滾；更常常在那些正在施工中的房屋附近的磚堆木堆中造我們自己的小屋子。

啊！我的記憶力不好，除了這些，其餘的事對我都已是模糊一片。在我眼前晃動著的，除了「嶺南名產」——嫣紅姹紫的豌豆花外，只不過是大鐘樓、懷士堂、繅絲廠……等一些零碎的夢影罷了！還有什麼呢？啊！還有那漆著紅灰兩色的碼頭，嘟嘟嘟一下子便可以開到長堤的小汽船，以及黃蕩蕩的珠江，如此而已。

不要再說下去了，我的鄉愁愈來愈重，濃得化不開啦！我不只懷念我的童年生活，懷念那幢精緻的洋房，更懷念那座南中國的高級學府。我相信，我們南方人之愛護嶺大，正如北平人愛護他們的「清華園」一樣啊！

何日才可以乘坐那艘嘟嘟嘟的小汽船，沿著黃蕩蕩的珠江，重去探訪紅灰校園？但願，有一天，那不是夢，也不是時光倒流或靈魂出竅；而是實實在在地，我又回到那棟陰涼的住宅中。

輯二　人間重晚晴

今之古人

那是一個非常悶熱的下午，我坐在客廳的沙發上，把陽台門和房間的門都打開，希望藉著空氣對流的作用可以引進涼風，可是就沒有，完全微風不生。我既怕冷氣，又怕電風扇的風，就拿起一把使用了多年、非常輕巧、也是家中唯一的不知是用什麼草編成的扇子輕輕地搖著，藉以驅走熱氣。反正我的雙手閒著也是閒著，也不會累。鄰房一個老太太剛好走過，看見我在搧扇子，就停下來站在門口，大驚小怪地叫了起來：

「哎喲！現在居然還有人在用扇子，我倒是第一次看到。你為什麼不開冷氣？起碼電風扇也可以嘛！你哪裡弄來這種古早的玩意兒呀？我看現在市面上恐怕買不到了。」

「我就是怕冷氣和電風扇才不用的嘛！這把扇子可是我的寶貝兒，我真擔心一旦它壞了，那我怎麼辦？」我說。

「那就吹冷氣嘛！大家還不都是一樣？你可真是個怪人。」老太太撇撇嘴走開了。

「真是個怪人！」我是個怪人？在一切都電子化的現代，住在大都市的大廈裡，居然還使用幾十年前的草編扇子，的確是個不協調的現象，太不合時宜了，怪不得別人看不順眼。我，也許食古不化，也許太過保守，跟不上時代，所作所為，除了還使用扇子外，不合時宜的事多的是。譬如說：多年來女性流行穿長褲；而我，冬天為了禦寒，春秋為了隨俗，不得不也穿長褲外，夏天我總是穿傳統的及膝窄裙。在台灣的夏天，穿長褲我實在受不了，也就顧不了別人怪異的眼光了。長褲也許有許多好處，但我覺得，在正式的場合，還是裙子比較合適。有一次在電視新聞上看到一個兩岸兩位官夫人會面的鏡頭：兩位都穿著套裝，打扮得體；不同的是，一位穿長褲，一位穿裙子，相形之下，穿裙子的那位便顯得較為莊重高雅，略勝一籌。而我，夏天穿裙子完全是為了怕熱，別無他意，管它合不合時宜呢！

再說扇子，雖然它已落伍到沒有人再使用；但我認為它仍有好處，就是節約能源。當你在看電視或閱讀時，何不利用閒著的手輕搖扇子，招來習習涼風呢？更何況，要是大家都棄扇子而不用，那麼，夏夜裡就失去「輕羅小扇撲流螢」的情趣了。

使用扇子、穿裙子已夠落伍了，我還有一項落伍的習慣：寫信。我沒有手機，沒有電腦，與人聯絡除了電話以外，就靠寫信了。從前，每年聖誕節和新年，我都會收到很多賀卡，而現在往往只收到海外寄來的兩三張。故舊凋零是一個原因，大家都用電子郵件賀年賀節則是最主要的因素。而我，不但還要託兒孫們替我買賀年卡片，又要託他們替我郵寄，也被他們譏笑我落伍，跟不上時代。

我有兩個妹妹，都是不婚族，兩人相依為命，住在一起，和我一樣都是跟不上時代的老古董，沒有手機，沒有電腦，都住在香港的高級住宅區，這很難令人相信吧？多年來，我們都靠著書信聯絡，大約一個月一封。對我這個文字工作者而言，寫家信可說輕而易舉，無所不談，也是樂事一樁。但對兩個妹妹而言，那可不一定。五妹的視力不佳，執筆困難；七妹則比較好動，不耐久坐書桌前，也許把寫信視作苦差事。不過，無論如何，她們還是樂於與我這個老姊訴衷情，收到我的信，她們一定回覆，只是會拖延一陣而已。要是拖得稍久一點就會打電話來道歉。這一拖，我也忘了我寫的信內容，電話中的談話就有點雞同鴨講，牛頭不對馬嘴。說來說去，寫信還是最佳的聯絡方式，端看彼此是否勤快，是否來信立刻回覆而已。

說到這裡，我想起了兩位已故的文友兼同事——季薇和陳玉慶。他們同在《中國時報》地方報工作，交情深厚。後來季薇移民美國，多年來與陳玉慶一直書信來往不斷，而且每封信都編了號，聽說曾有一年三百多封的紀錄，那不是每日一封了嗎？有一年我到美國探望兒孫，因緣際會，跟季薇通了一次電話，回國不久就接到他的來信並附了一包小小的龍井茶葉，說是他浙江家鄉的特產，以後就經常來信。他愛好攝影，有時也會附一兩張照片或卡片什麼的，是一位很熱情的友人。陳玉慶（筆名亦玄）既是我兩度《公論報》和《中國時報》同事，又是丈夫的小同鄉，我們相識已五、六十年。這些年他因聽力退化，不方便使用電話，我們就開始互通書信。這幾年，他、季薇和我，經常互通魚雁，樂而不疲。不幸，他們兩人在兩、三年前相繼離世，除了兩個妹妹，我就沒有寫信的對象了。我老眼昏花，視力模糊，字跡大概不好認，但妹妹們都說我寫得清楚，那就自我安慰一下吧！

我這個沒有手機、沒有電腦的今之古人，到現在還用手寫稿，手寫信，穿不合時宜的裙子，用扇子搧風，在一般人眼中，的確是一個奇奇怪怪的老古董；但是，也許就因為沒有使用過那些新時代的產品，我一點也不覺得不方便，當然，這跟我很「宅」有關。我足不出戶，要手機何用？要電腦何用？用扇子搧涼雖很落伍，但它環保，值得提倡。穿裙子也許很落伍，這是個人問題，不值得討論。與親友保持書信往來更是好處多多：鍛鍊文筆、暢所欲言，看到對方筆跡，如見其人，其親切程度，絕不比電話遜色。

唐詩中有兩句：「古調雖自愛，今人多不彈。」扇子、裙子、書信……這些古調我相信已經沒有人喜愛，只有我這個不合時宜的今之古人依然抱殘守缺，樂而不疲，亦異事吧！

一〇四年七月，《文訊》

生日快樂

她坐在音樂會中，全神專注的在欣賞台上一位丰神俊逸的青年鋼琴家在彈奏蕭邦的〈夜曲〉，他修長的十指在琴鍵上飛舞，美妙的音符像無數看不到的小精靈，挑逗、撫慰著聽者的心靈，讓人陶醉、迷戀、忘我。她正沉醉在一段她所喜愛的旋律中時，忽地琴聲走音了，變得高亢、尖銳、刺耳。她大驚，以為鋼琴家失常還是鋼琴壞了，急得站起身來想大叫，可是又叫不出聲。這時，她驚醒了，原來是作夢，刺耳的琴聲是床側的電話鈴響。

她本能地伸手拿起話筒，「喂」了一聲。

「Happy birthday！芷苓，你聲音啞啞的，還沒睡醒？」對方是一陣清脆的女高音。

「哦！是怡瑄。對不起！我剛才在作夢。昨晚又失眠了，所以醒得比較遲。經常失眠，我真是老了。你剛說生日快樂，今天是我的生日嗎？」

「你是真糊塗還是假糊塗？今天11月12日，是你真正的生日，因為你和國父孫中山先生同一天生日，所以我們都記得。芷苓，歡迎你晉身銀髮族，你整整六十五歲，為了給你慶生，我們也歡迎你加入銀髮族，卓如如、趙幼芳和我要請你吃飯，我們已在八里一家歐式餐廳訂了位；等一下我先開車去接她們，十一點來接你，好不好？」

「當然好，謝謝你們了。可是，為什麼臨時才告訴我呢？」

「為了給你驚喜呀！我們知道你這個宅女，不，應該說是宅婆了，總會在家的。好了，今天不要做宅婆了，回頭見。」

放下電話，芷苓從床上起來，一時間，喜悅與哀愁兩種情緒交雜在心頭。喜悅的是友情的濃郁溫暖；哀愁的是：今天起我真的進入老境了。她雖然已經退休了十個月，但那是因為身分證上的年齡報大了十個月的關係，而現在卻是真真正正六十五歲的老人了。

她想起了母親從前告訴她的一些往事。她父親是個小小的公務員，收入微薄，母親為了補貼家用，靠著一台從家鄉帶來台灣的手搖縫衣機在家裡替人修改衣服，既要做家務，照顧唯一的女兒芷苓，又要趕工，日子過得非常艱苦。那一年，芷苓五歲，她母親偶然聽說只要到戶政事務所去把小孩報大一歲，就可以提早一年入學。母親知道鄰居一位太太已經這樣做了，為了讓芷苓早點入學，她白天可以專心替人改衣服，也就照辦，芷苓本來是十一月生，改為一月，所以得以在未滿六歲就進入國小一年級。妙的是，鄰居那個也報大一歲的小男孩竟和她同班。兩個小孩既是緊鄰，平日也常玩在一起，現在又是同班同學，就成為好朋友。他們每天手牽手的一起上學，一起回家。下課後一起玩彈珠或尪仔標、跳繩、躲避球，感情好得不得了。他們一起上到三年級，還是好朋友。學校裡的小朋友開始取笑他們：「羞羞羞！男生愛女生，女生愛男生！」這使得他們在學校不敢一起玩；但回到家裡還經常一起做功課。三年級那個暑假，小男生一家搬走了，從此就沒有再聯絡。

芷苓曾經把這段往事告訴怡瑄她們，她們全都取笑她：「好個青梅竹馬的小情人，他叫什麼名字？我們上網去找他，好不好？」

她沒有理會她們。現在想起來，那個名叫李台生的小男孩，竟然真的是她大半生唯一的異性好友。她從少女時代開始就滿腦子羅曼蒂克的思想，不論文學、音樂、藝術等方面都只喜愛浪漫主義和浪漫派；可是她自己卻是既保守又古板，從青春年華到現在，不但與脂粉絕緣，服裝也一律黑灰藍白褐等黯淡的顏色，加上長年一頭清湯掛麵，加上一副黑框眼鏡，給人的印象就是道貌岸然，不可親近。小學畢業後，初高中念的都是女校（怡瑄等幾個好友就是高中時的同班死黨），沒機會認識男生。上了大學，她只知埋頭在書本中，下課後就鑽進圖書館裡，不參加任何社團，也不跟同學們出去逛街、看電影。那個時代正流行迷你裙，她穿的是傳統的過膝裙，因此贏得了校園中「裙子最長的小姐」的封號，她都不以為意。她念的是中文系，系裡同學陰盛陽衰，男生們個個名「草」有主，當然輪不到冷若冰霜的她。

畢業後她回到高中的母校教國文，一教四十年，教學認真，誨人不倦，直到退休。歷任校長對她都非常器重，也獲得過模範教師的殊榮。由於她的待人親切，學生們也喜愛她，畢業後往往仍跟她保持聯絡，她可真的是桃李滿天下了。

鈴……芷苓剛吃完早餐，電話又響了。她拿起話筒，聽見的是「生日快樂」的歌聲，她明白是怎麼一回事，就不作聲。歌聲結束了，話筒裡傳來：「宋老師，生日快樂！我是趙小妍呀！」

「趙小妍，謝謝！謝謝！你怎會記得我的生日呢？」芷苓說。

「當然記得。宋老師的生日就在國父誕辰這一天嘛！今天我是代表馮玉梅、馬玲玲、王美雲、李愛珠、賴小芬五個人向老師賀壽的，因為要是每個人都打電話來，那就太打擾了。宋老師，我們衷心地祝福您健康長壽，天天都快樂！」

「太謝謝你們了，你們永遠是我心目中的好孩子。趙小妍，請你替我向她們五位轉達謝意。改天我請你們到我家裡來玩，我不會做菜，我們就包餃子好不好？」

「太好了！謝謝老師！再見！我們等著吃您的餃子喏！」

放下電話，芷苓滿懷舒暢，也有點不安：我何德何能，一次小生日居然勞動好友和學生一早打電話來恭賀，她覺得自己太平庸了，怎會有這麼好的人緣呢？她這一生也平凡極了。進入社會不久，她的父母就相繼離世，她是獨生女，父母兩方在台都沒有親戚，在大陸的也從未聯絡，所以她在世界上就是孤單一人。偏偏她又不喜歡跟異性交往，始終獨來獨往，歲月不饒人，轉眼芳華虛度，她已由「勝女」、「盛女」而變成「剩女」。「現在，晉級老太婆了。」想到這裡，她不覺冷笑了一聲。還好，她有多方面的興趣：聽古典音樂，閱讀，練書法，退休後也不愁寂寞。

電話又響，是怡瑄打來的，她說車子在十分鐘後會到門口，因為不方便停車，請她早點下樓等候。

其實她早已準備好，就依時搭電梯下樓去。她先去開信箱，裡面躺著三封信，都是海外寄來的生日卡片，也都是她的學生寄來的。她開心地把三份卡片放進皮包走出去。

經過櫃台，管理員喊住她：「宋老師早！生日快樂！」

「你怎知道今天我過生日呀！小林。」芷苓有點詫異。

「宋老師，我怎會知道？您看這盆花！」小林笑嘻嘻地回答。

芷苓看見櫃台上果然擺著一盆清麗雅致的蘭花，上面還繫著一張紅色的卡片。她推了推黑框眼鏡，湊近一看，只見卡片上寫著「芷苓老師　生日快樂　生南明敬賀」，心裡一陣激動。南明是她第一年任教時最早畢業的學生之一，和她最投緣，離校後一直有聯繫，其實她們只差五六歲，多年來的關係已從師生變成朋友。昨天南明就打過電話給芷苓，說膝關節痛，不方便出門，今天不來看她了，想不到她還特地送花。我真是何德何能，有這麼多人關心我。「剩女」又怎麼樣？我是不孤單的。

「小林，這盆花麻煩你替我保管，我回來再拿。」她吩咐了小林，就飛奔出門去。不遠處看見怡瑄銀灰色的車子已停在路旁。

她走到車旁，後門就打開了，她跨進去坐下，車裡的三個人齊聲大叫：「芷苓，生日快樂！」她一面連聲謝謝，一面跟坐在旁邊的卓如如擁抱，然後伸手拍拍坐在駕駛座上的李怡瑄和右邊的趙幼芳。

車子開動後，幾個女人立刻七嘴八舌說個不停。有人說今天秋高氣爽是芷苓的好福氣，也有人說怡瑄會挑日子。

自從結婚後就甘心窩在家裡做賢妻良母，如今已子孫滿堂的卓如如搶著說：「我還有好消息告訴你們，我的小女兒下個月要結婚了，到時你們都要來吃喜酒啊！」

「我也有好消息，我的兒子昨天從柏克萊打電話來說，他今年年底要回來，陪我們兩老過了春節才回去。」身為一家進口貿易公司女老闆的趙幼芳也喜形於色地說。

大家一陣恭喜。

「怡瑄，你有什麼好消息，也說給我們聽呀！」芷苓說。

怡瑄是外交部剛退休不久的一名小主管，四個人中她最精明能幹，平常她們的聚會全都是她策畫的。「我沒有好消息，倒有個好主意。我們今天去八里，路程太近了，不夠好玩。下一次我們去峇里島好不好？明年二月是如如和幼芳兩人的生日，那時天氣很冷，我們去峇里島避寒如何？」

她才說完，人家全都鼓掌稱好。

「我也有一個好主意，我建議明年夏天我們去巴黎為怡瑄慶生好不好？她法文溜得很，正好當我們的代言人嘛！」車裡比較沉默的芷苓這時也開了口。

「好！太好了！八里、峇里、巴黎，越玩越遠，也象徵我們前程遠大，友誼歷久彌新。芷苓，你這個主意太棒了！」三個人都豎起大拇指贊成。

芷苓的眼眶濕潤了，她在心中暗暗感謝上天，賜給她這幾位好朋友還有數不清的好學生。我不孤單，我不寂寞，有這麼多的人愛護我，我是個幸福的人。

一百零三年十二月，《文訊》

影迷世家

自從這三四年來兩眼視力退化到只剩0.2和0.05之後，原來還算美好的人生已漸漸變成灰色，失去了很多歡樂。最嚴重的是，若是沒有放大鏡，我已無法閱讀。本來是個書癡的我，對所有的讀物都是不可一日無此君，現在卻只能手執放大鏡，很辛苦的去辨別每一個字，往昔一目十行的豪氣，早已隨歲月逝去。

那麼，一個除了擁有大把光陰之外就一無所有的老年人，做什麼好呢？欣賞古典音樂原來是我的愛好之一，但是我在聽音樂時一定要隨意瀏覽閒書或做針黹，一樣要用眼力，放CD也要使用放大鏡去找；算了，我這個懶人還不想去找麻煩。不得已，只好求其次，撿現成的，看電視。

可是，並非所有的電視節目都可看，除了新聞之外，我只看影片和旅遊節目。可惜，好的影片不多，旅遊節目也太少，使我這個書癡兼影迷大為失望，想起了很多從前在電影院裡看過的好片，時光也跟著倒流到我的童年。

我對電影的愛好是受父親的影響。很小的時候，他就常帶我和妹妹去看卓別林的默片以及一瘦一胖的羅萊、哈地，戴著一副圓形眼鏡的陸克等諧星的影片。童騃無知，當年除了為影中人滑稽笨拙的動作而哈哈大笑外，也沒有其他印象。直到二十年前到美國探視兒輩，也是影迷的大兒特別去租了全套的卓別林作品給我和丈夫看。起初我興趣缺缺，看完之後才知道卓別林並非一般的諧星而是個奇才。他的影片都是自編自導自演，他又是一個人道主義者，每部影片都在替弱者仗義執言，每個故事都笑中帶淚，使我對他的印象大為改觀。

上高小時，學校附近新開了一家專映西片的影院，我和同學們偶然也會在課餘用有限的零用錢去享受一下觀影之樂。那時的影院分前、中、後排和樓上而票價不同，最便宜的是前排。有一次我們買到第一排，距離銀幕太近了，只能把頭靠在椅背，半坐半躺的看，但我們並不以為苦。那次放映的是瓊・克勞馥主演的片子，片名忘記了，只記得她演的是富家女。這位濃眉大眼方顎、貌似男性的女星我並不喜歡，不過這次她飾演千金小姐，穿一條及地的蓬蓬的大圓裙，顯得很美。我跟坐在旁邊的同學說：「她穿大圓裙看起來很大方啊！」同學卻譏笑我：「穿大圓裙就大方？哈哈哈！」我那句蠢話後來在同學間流傳著，成為笑柄，丟臉極了。

在香港上高中時，由於地利，我對電影的癡迷日深，上影院以外，還買很多英文的電影雜誌，不但迷影片，也迷那些好萊塢的俊男美女，還好倒沒有耽誤功課。記得高中快畢業時，轟動全球的名片《亂世佳人》在香港上映，父親買好了票帶我和妹妹到電影院去，進場前他卻說他有事不能陪我們看，把兩張票交給我就走開了。當時我不以為意，認為大人事忙是理所當然；後來再想，父親是否要省一張門票而犧牲了欣賞名片的機會呢？因為那時抗日戰爭已有三四年，中國大陸烽火連天，香港雖未波及，時局也很亂，我年少不懂事，也不了解家中的經濟情形，我家大小九口，父親的負擔不輕，省著點用是應該的。然而，父親為了疼愛女兒而讓我和妹妹去首輪影院享受，當年不懂，但那種深厚的恩情，想起來還覺得感銘而愧怍。

從香港逃到大後方，看電影的機會很少。勝利後建立小家庭，剛好丈夫也是大影迷一個，兩人志同道合，凡是好片，必不放過，甚至「泰山」系列的片子，居然也看得津津有味。來台後，家住西門町，周遭影院林立，對我們兩個大影迷，可說得其所哉，大概一星期總要看個一兩次。距離我家最近的是美都麗戲院（後來改建為國賓），早年常放映一些日本文藝片，也放過歐洲片，別看這影院貌不驚人，水準倒蠻高的。左轉西寧南路是專放好萊塢電影的國際戲院，我們是常客；再遠一點是萬國戲院，再過去是新世界，新世界對面是真善美，專放高水準的歐洲片，這是後來的事。後來西門町又陸續開了很多電影院，也就不一一細舉了。

回頭再說我們兩個大影迷，白天上班，只能看晚場。我們總是把四個孩子哄睡以後才偷偷溜出去。我們那樣做其實很危險，我們住的是木造樓房的公共宿舍，萬一發生火警或地震，那怎麼辦？我們實在太不懂事了。

孩子稍大一點，我們偶爾也會帶他們一起去看適合兒童觀賞的卡通片或是狄斯耐出品的片子。那個時代電影是最受歡迎的娛樂，電影院前經常大排長龍，一票難求，還有黃牛當道，往往使人乘興而去，敗興而返。很多時候，我手牽老三，丈夫抱著老么，兩個大的跟在身後，一家六口興沖沖的想去看一場電影，到了電影院門口，只見人山人海萬頭鑽動，想排隊也不可能。我們兩個大人倒無所謂，老么太小不會怎麼樣，老大老二也還乖，不敢鬧；只有老三不肯罷休，就在大街上大哭大鬧，作青蛙跳。對一個三、四歲的幼童，我們也不忍苛責，只有帶他們去吃東西作為安撫。

更早以前，老大老二可能剛上小學，我們曾經讓他們到萬年一家小小的影院去看電影，也許是票價便宜之故。我好像也去過一次，否則我怎會知道裡面的情形？放的是西片，有一個人站在銀幕旁邊用台語解說，此人不見得懂英語，只是胡說八道來唬觀眾。院內煙霧瀰漫，木屐聲踢躂不斷，我去過一次就不敢再去領教，可憐老大老二年幼無知，對如此劣質的影院，竟毫無怨言。

我和丈夫迷電影一直到退休後熱情才漸漸冷卻，加以電視台天天都有西片播放，還有錄影帶可租，我們也就幾乎不再上電影院。四個孩子在我們的影響下，從小到大都是影迷，自是理所當然。現在，父親的第四代都已長成，我那生長在美國的六個孫兒女我不太清楚他們的興趣，但是在台灣的兩個也是超級大影迷。不過，時代不同，現在既有光碟可租可買，在網路上更是什麼片子都可以看得到，我的兒孫輩已不必像我們當年那樣辛辛苦苦地排隊買票，也不必忍受影院中污濁的空氣以及人擠人的不舒服；打開電腦，想看什麼就有什麼，真是太幸福了。從影像模糊跳動的黑白默片到網路的包羅萬象，哇！我可是個電影史的見證人！

一百零一年十二月，《文訊》

窗前一線天

寫下這個題目，自覺有點內疚，這未免太誇張了吧？事實上，我窗外的天空絕對不只一線天，只是我太貪心，太不滿足，總嫌它太過狹小。

我的書桌擺放在一面四乘七英呎的大窗前，光線充足、視野寬闊，可是窗外的景觀不怎麼樣。右邊是我居住的大樓的後座，我住四樓，十七層的後樓擋住了我一半的視野。左邊，也是我坐在書桌前的正前方，大約一、二百公尺外有兩棟白色大樓，遮住了我大半的天空；它們一高一矮，露出的天空就像一個胖胖的L符號，這叫我怎能滿足？還好這兩幢大樓的下面有兩堵擋土牆，牆上長滿了雜草和各種不知名植物，綠意盎然，是我唯一可以養眼的所在。

這真是都市人的悲哀。我一輩子都住在大都市，而且都住在樓上，腳下從來不曾擁有一寸泥土，頭上永遠只有一線天，實在太不甘心了。

這不由得喚醒了我一次傷心的回憶。初中二年級的暑假，我家搬到一處比較寬廣的洋房二樓。那時我們家人口頗多，除了父母和我們七個孩子外，還有寡居的伯母、堂姊、表姊和女僕，一向住得很擁擠，我得和兩個妹妹共睡一張大床。遷居後我可以和二妹共享一房，還有個人的書桌和書架。我們的房間靠近客廳，客廳外有一個陽台。我心滿意足之餘，就老氣橫秋的在日記上寫：「新居向東，秋來可以先得月矣。」這哪像一個初中生的語氣？可憐我這個卑微的願望竟永遠無法達成，那時盧溝橋事變才發生不久，苟安在南中國的我們以為華北的戰火不會波及；誰知道沒有多久，華南局勢也開始緊張，到處風聲鶴唳、人心惶惶；我們在新居大概住了一兩個月，父親就不得不帶著一家九口，倉皇離開廣州逃往香港。那是我所遭受到的生平第一次挫折，幸福的童年也從此宣告結束。

六十二年前來台，在康定路的日式木造樓房一住十五年，我書桌的窗子面對瓦斯公司的一個巨型煤氣槽，抬頭可見的藍天不算小，還常常看見班機飛過，投影在我的玻璃墊上；窗前景觀雖不美，倒也無可抱怨。後來遷居永和，住的是四層公寓的三樓，隔著巷子對面是一整排加蓋了五樓的同樣公寓；這可好了，我擺在窗前的書桌對面就是別人的陽台和窗戶，抬頭連一線天都看不到，而我竟在那裡忍受了三十年。

現在，住在四樓的我，窗前三個方向都被高樓遮擋，我坐在窗前的感覺就像坐井觀天、井底之蛙。雖然可以看到一小塊L形的天空，而且也向東，但卻從來不曾看到過旭日初升或月上柳梢頭的景象，永遠是一隻掉在井底的青蛙。抬頭一線天，腳下無寸土，這就是大多數都市人的悲哀呀！

一百年三月，《文訊》

閒居偶成

久違了，樹友們！

由於入冬以來連日的寒風冷雨，我已有十幾天未曾邁出大門半步。那天，久雨初霽，雖然陽光有點黯淡，但我急於親近久違了、稀有的冬陽，就下樓到附近的小公園散步。在電梯上碰到一個不認識的印度男子，他很有禮貌的用英語向我說了一聲「早安」，當然我也微笑向他回禮。在國外，這是最普通的禮貌，不過在國內卻很少人這樣做。這位印度人的有禮，使我感受到人際關係的和諧，心情也隨之愉快起來。

帶著愉悅的心，踏著輕快的腳步，我走出大門。冷風微微吹拂著我的臉，沐浴在淡淡的陽光下，為之渾身舒暢。多日杜門不出，一旦接觸到戶外清新的空氣，不免後悔何以自囚在屋裡這麼久。走進公園，面對改變了的景色，不禁愕然。才不過睽違了十來天，為何景色迥異：幾棵楓樹的葉子已染上橘紅的色彩；那棵巨大的麵包樹肥厚的葉子也變成深褐色；有些我叫不出名字的樹木不是葉子掉光，剩下瘦伶伶的枯枝，就是枝葉稀疏，形容憔悴。唯有月洞門側的一叢翠竹長得欣欣向榮；旁邊三株巨碩的芭蕉已高達三樓。啊！久違了的樹友們，我來看你們了，你們可好？

住到這個社區已三年多了，因為這個小公園，也因為人行道的樹木多，環境清幽潔淨，我幾乎每個早晨都來散步。我熟悉公園裡和路旁的每一棵樹，看著它們成長、茁壯，視它們為友。這大半年來由於健康狀況不佳，早上散步的習慣無法維持，這半個月來更是杜門不出；想不到，樹友們已變成另外一個模樣。

日出日落，花開花謝，這原是大自然的法則。深秋乃至寒冬，草木黃落枯萎也是大自然的現象之一，有什麼好大驚小怪的？不要自作多情了，「冬天來了，春天還會遠嗎？」等到春天來臨，樹友們又會抽出嫩芽，綻放綠葉了，不是嗎？

鴿子的聯想

我在窗前寫讀時，曾經不止一次從眼角餘光中瞥見一張白紙在窗前飄過。起初我以為是樓上被風吹下來的紙張，可是幾秒鐘之後那張「白紙」又飄回來。啊！原來是一隻白色的鳥在對面的兩幢大樓之間低飛。再正確的說，這隻白色的鳥是鴿子。不久之前，就有一隻灰鴿站在對面陽台的欄杆上和我對望，逗留了一個鐘頭以上不離去；我的陽台上也偶然會發現掉落的羽毛。因此我知道附近有人飼養鴿子，而這隻在我眼前飛過的白鳥是一隻白鴿。

白鳥，是日本人給予天鵝的譯名。可是，這隻白鳥沒有讓我想到天鵝，我想到的是一首西班牙名歌「鴿子」（La Paloma），它也是我喜愛的歌曲之一，它描述一個水手在出航前夕向他的愛人傾訴：「假使我一旦死去，我將會化鴿歸來，請你把窗戶大打開，讓這隻氣喘吁吁的鴿子進去。……」好淒美的戀情，配上那充滿拉丁風味、悠揚悅耳的旋律，往往聽得我如癡如醉。

從這首「鴿子」，我想到了一些我所知道的西班牙人文藝術：佛朗明哥舞、歌劇「卡門」（它雖然是法國作曲家比才的作品，但全劇以西班牙為背景，我認為它足以代表西班牙的文化），塞萬提斯的〈唐吉訶德〉，哥耶的畫，高第的建築……等等。我對西班牙的認識很粗淺（要是換成義大利，我可以多舉一些例子），最愛的是他們的佛朗明哥舞，舞者的一舉手一投足都那麼激昂熱情，再配上鏗鏘、明快的吉他伴奏，舞姿與音樂都充滿了粗獷而激情的獨特拉丁風情，是一種野性的美。至於最為人知的西班牙文化——鬥牛，對不起，它太血腥太暴力了，我不喜歡。

謝謝那隻小鴿子，因為牠的偶然出現，使我的思絮竟然遠渡重洋，飛到南歐，神遊了一次西班牙。現在，我的耳中還迴響著「鴿子」的美妙旋律，眼前也彷彿看到一群舞者在拍掌踏腳跳著佛朗明哥舞。

一百年二月，《中華副刊》

詩心未老

去年十二月二日是外子逝世十周年忌辰，我與唯一在台的三兒、三媳及孫子在新店山上長樂墓園祭拜。那天天氣晴朗，在山風的吹拂下，兒輩遙指山下遠處的房舍對我說，那裡就是永和，我們曾經住了三十年的故居就在那幢高樓後面呀！老眼昏花的我哪看得見，面對墓碑上外子的遺像，腦海中湧現的竟是「十年生死兩茫茫」——蘇東坡〈江城子〉的第一句。可不是，十年了。所在心中默念著：「十年生死兩茫茫，不思量，自難忘。」下一句就記不得了，中間好像還有「塵滿面，鬢如霜……」兩句；那麼，其他的呢？

回到家裡，日夜苦思，就是想不起來，十分苦惱。本想等住在紐約的大兒周末打電話來時請他上網去查，卻又等不了，就決心自己查。我有一本宋詞選，居然很順利的一下子就找到，高興得如獲異寶。我再三吟誦，直到能夠背為止。這首詞原是東坡悼亡之作，心情與我極為貼切。唉！「十年生死兩茫茫」、「縱使相逢應不識」、「相顧無言，唯有淚千行」，夫妻不能攜手終老，幽明殊途，自是人生最大的傷痛；不過，愁恨誰能免，不如意事十常八九，世間又有幾人享有十全十美的福份？

就在這首〈江城子〉日夜盤據在我心中時，偶然翻開那本跟隨我四十年以上，我手抄的錦囊妙詩（不是我的作品，而是蒐集抄錄心愛古今詩人佳句），赫然發現這首〈江城子〉也收在裡面，原來多年前我已鍾情於它，只是當時心境不同罷了。我何以善忘若是，竟忘得一乾二淨；不過，這也證明了我的詩心未變，多年前喜愛的，現在也一樣。後來我又發現，在這本詩抄中有好幾首詩詞都是重複的，雖然主因是我善忘，但也印證了我的詩心數十年如一日，童年時我就已開始愛詩，十三、四歲時偷偷學寫舊詩，但秘不示人。我用毛筆把那些無病呻吟、鸚鵡學舌、不識愁而強說愁、青澀幼稚的小詩抄在一本宣紙的簿子裡，附庸風雅，自以為是個小詩人。不幸我生不逢辰，我的詩人夢很快便被戰火摧毀，整個青春歲月都在顛沛流離中度過；成家後又犧牲在柴米油鹽、奶瓶尿布中；來台後更因大環境所逼，不得不煮字療饑，著書都為稻粱謀，不但做不成詩人，還變成俗物一個，想起來實在有點不甘心。

然而，意料不到的是，在蹉跎了數十年之後，這一兩年我又找回我的詩心，重拾讀詩的樂趣，稍稍彌補一下做不成詩人的遺憾。大兒從小受我的影響，上大學時讀的是外文系，也雅好舊詩詞。近年來，我那三個居留海外的兒子，每到周末都會打越洋電話回來問安，母子雖遠隔天涯，親近卻如比鄰。我和大兒通話時，往往不是先談家事，而是我向他提出問題「請教」。我的問題有三類：一是音樂方面（他出國後改修音樂）；二是英文方面；三是詩詞方面。有時我忽然想起一句古人的詩（詞），卻記不起上一句或下一句，朝思暮想，仍無法解答，那種煎熬真是難受。在電話中問大兒，要是他記得，當然馬上解惑；要是不記得，就一手握話筒，一手在電腦鍵盤上敲打幾下，也很快便找到答案，那種如釋重負、如逢故人、如獲至寶的心情，往往能使我開心一整天。

大兒從小就好為人師，上國中時常考我歷史地理，我對歷史年代早已忘光，總是被他打敗。中學時可能因功課壓力大，比較沒有為難老媽。上大學後，他推薦讀過的英文小說給我看，把教授的話傳授給我，讓我有機會當一個二手的外文系學生。他還教我一些德、法、西、義四種語文的單字，後來我到歐洲旅遊，小露一手，對方也聽得懂，可說受益不淺。想不到，如今他又當起我的「小」老師來，我們每周電話中大談音樂、念詩、查各種資料；我們不是閒話家常，而是談文論道，甚至可說是一個小型的研討會。這種通話，不但是一樁樂事，也是使我保持頭腦不會老化，思想和知識也跟得上時代的原因吧？

浸淫在古人的詩詞佳句中，暇時吟哦幾首，淨化心靈，遠離塵俗，自是人生一樂。我慶幸自己數十年來詩心未老，做不成詩人又何妨？胡謅兩句歪詩，聊以自況：「詩心未與年俱老，尤喜文思日日新」。

九十九年五月，《文訊・銀光副刊》

畫眉變烏鴉

也不知道為什麼，數十年不曾開口唱過歌（除了開會時唱國歌，或者在慶生會上唱生日快樂以外），最近忽然有點想唱。遇到心情好時，試著哼一兩句，其聲瘖啞而又走音，可說慘不忍聞，羞慚之餘，只好馬上閉嘴。可憐啊！用唱歌來抒發胸懷，是人類的本能，我怎會連本能都失去了？想當年，我是很愛唱也能唱的呀！

記得在高中畢業前的音樂期末考時，教我們音樂的朱麗雲老師要我們兩人一組唱二重唱，我和周蕙芳一組，唱的是一首英文歌，歌名不記得，也不記得誰唱高音、誰唱中音；但我們合唱得非常和諧，成績甚佳，大大贏得朱老師的稱讚。接著，朱老師又替我們排演一齣英文輕歌劇《伯爵夫人的女兒》，朱老師本想讓我演女兒一角，但試音時我的音量太小，以至失去當主角的機會而改演仙女兼村女，在戲中也有幾句獨白，是我此生唯一的舞台經驗。平時，朱老師大多數教我們唱《一百零一首最佳歌曲》裡面的世界名曲，像一些譜自英詩的藝術歌或西歐各國的民謠等，當然也教抗戰歌曲和本國的藝術歌，總之，我後來對古典音樂的鍾情，就是在這個時期植下的根。

離開學校後，我愛唱歌的本性一直持續著，那本《一百零一首最佳歌曲》一直跟著我到處逃難；抗戰勝利後，生活安定下來，我又買了幾本英文歌的歌譜，於是，我接觸到的英文歌曲範圍更廣了。

婚後，曾在洋場十里居住多年的丈夫也愛唱英文歌，而他的弟弟和弟媳也是同好。有一段時期我們同住在一棟公共宿舍裡，四個人常有機會在一起引吭高歌，雖然還夠不上四重唱的程度，但我們一起忘形高歌時，那種歡樂真令人陶醉。年輕真好，現在回憶起來，真想學浮士德把靈魂出賣給魔鬼來換取青春。

獨處時，那幾本英文歌譜是我消愁解悶的良方，一卷在手，曼聲吟唱，往往能達到忘我的境界。我常在燒飯或熨衣服，或者做一些不須用腦的工作時低低地哼哼唱唱，就會把這些煩人的家務拋於腦後，甚至覺得樂趣無窮。

然後，隨著歲月的增長，我漸漸不再唱歌。也許是怕鄰居聽見，也許自己對歌唱的熱情冷卻；總之，中年以後就噤口不唱，變成了失聲的畫眉。

奇怪的是，近來又有了想唱的衝動，是返老還童嗎？這些年我搬了兩次家，淘汰了大部分的藏書，那幾本歌譜早已不知流落何處。我最想念的是那本跟隨我多年，已成珍本的一百零一首，遍尋不獲之餘，想託在美的兒子替我買一本，想不到，嗜書成癖，經常逛書店的兒子居然買不到。他說：「現代人還有誰會買這種老古董，別再停留在上一個世紀了。」唉！這話怎麼說，我本來就是上一個世紀的人嘛！

其實，現在我想唱的倒不一定是那些高中時代學會的英文歌，一些好聽的中文藝術歌曲也很懷念；甚至曾經被我排斥過的那些一般人所謂的老歌，像三十、四十年代的國語流行歌、電影插曲等，都一一浮現出來，可惜我連它們的旋律及歌詞都忘得一乾二淨了。

因為想唱而又唱不出來，就盡量去想那些簡易的，首先想到的竟然是念幼稚園上主日學時唱的那首中英合璧的「……good bye呀！good bye呀！眾心彼此相愛。」接著又想到近年從孫兒那裡學來、很好聽的兒歌：「一二三四五六七，我的朋友在哪裡？……」因為太容易唱了，也就勉強可以哼出來。可惜，這些好聽的兒歌要是從兒童口中唱出來，就是美妙的天籟；若從我這老朽的嘴中吐出，那就「嘔啞嘲哳難為聽」，不堪入耳了。

雖然唱得瘖啞難聽，沒有自知之明的我還是搜索枯腸想再找一些易唱的歌。忽然間，靈光乍現，我現起了黃白譜自白居易的詩「花非花，霧非霧」，這首歌一共只有二十六個字，歌詞既美得空靈飄逸，旋律又委婉動聽，這是我從少女時代就極愛的一首，怎麼把它給忘了？試著用五音不全的歌喉低低唱一遍，自覺彷彿又重拾當年唱歌的樂趣，枯燥的晚年生活也似更多了一點點調劑。我是閉著門低唱的，不敢像年輕時引吭高歌，只是自娛罷了。但願我這隻失聲的畫眉不至變成聒噪的烏鴉。

九十九年十月，《文訊・銀光副刊》

天涯若比鄰

我與三兒在大年初一上午用skype和遠在太平洋彼岸的大兒、二兒、么兒五人四地空中拜年，已實行了三年之久。第一次不知是技術問題還是怎的，雖然能通到話，但偶然會有一個人忽然消失了，或者是通訊中斷，聲音也不夠清晰，使我有點興趣缺缺，覺得過程不甚完美。第二年再試一次，稍有進步，不過還是有瑕疵；我又嫌七嘴八舌，有點各說各話，像是百鳥歸巢，難免吱吱喳喳，聽不清楚。

今年，雖然還是五人四地，但我已不住三兒家而獨居在外，空中拜年，變成了五方通話：大兒住紐約，二兒住波士頓，么兒住休士頓，三兒住新店，我住內湖，大家分得更散了。這次還是大兒發起，自任總指揮，他先以電話和每個人訂好時間，約定在初一那天的台灣時間上午十時三十分舉行空中團拜，因為這時美國的三個人都已吃過年夜飯，正好有空，他會啟動skype，逐一聯絡，然後就可以多方通話。

我這個電腦菜鳥緊張兮兮地一早就把skype打開，生怕錯失良機。在等候期間也接到好友的拜年電話或者有其他瑣事，真是急得血壓都升高了。十時三十分整，skype鈴聲響起，接過來一聽是大兒的聲音：「媽媽，新年快樂！大家都到齊了，你的四個兒子向你拜年，祝你身體健康，心想事成，吃到一百二！」然後就是好幾個人的聲音說著同樣的話，如雷貫耳；他們兄弟四人的聲音都很像，一時也分辨不出誰是誰。這時的我已樂得暈陶陶的，自覺有如王母娘娘。套一句日本電影或漫畫裡常見的話：「哇！好幸福喲！」

分處四地五方的母子五人開始大聊特聊，這一次的空中會談非常成功，聲音清晰無比，簡直就像面對面促膝談心，那像人在天涯？大家天南地北無所不談：家庭近況、親友動態、兒時回憶、當地新聞等等聊得好不開心。偶然我閉嘴聆聽他們兄弟講話，就有人問：「媽媽，你是不是睡著了？」還不許我緘默哩！歡樂的時光易過，在談笑風生中，不經不覺已過了一小時，我的左手也因握著通話器太久而痠痛，想到在美國的三人時間已晚，而且第二天他們還得上班，我這個老媽只好打斷他們的興致，開口叫停。空中拜年的盛事，明年再來吧！

我的四個兒子自從其中三人赴美留學之後，多年來不曾四人聚在一起；直到九年多以前丈夫過世，三個人回來奔喪，才在悲痛中有機會團聚。以後也是聚少離多，即使旅美的三人也因工作關係，從未相聚過；我和三兒各自訪美多次，也只能分別會面而無法手足四人團圓。如今，拜科學之賜，母子五人得以一年一度在大年初一作空中團拜，也算是另一種團圓啊！

真的，身為一個現代人實在太幸福了。因為發明了電話，所以我們享有古人說的「順風耳」；由於電視的傳播，萬里外發生的事我們都立即看得到，這不就是「千里眼」？噴射機讓人們在洲與洲之間朝發夕至；而電腦的發展到如今的幾乎人手一台，它奇妙的功能，更使得我輩凡人變成了天之驕子，似乎掌控了全世界。

我們母子的空中團拜，使我深深感受到「天涯若比鄰」的實質存在，這句詩的作者，一千多年前的王勃，不但是一位文采風流的文學神童，更是一位預言家，而且預言成真，可說太神奇了。

九十八年，《中華副刊》

自求多福與「自字訣」

大概是還沒退休之前吧，老是聽見丈夫和他朋友們談病：血壓高、血糖高、失眠、便祕、腰酸背痛；某某罹癌、某醫生醫術好，哪一個牌子的綜合維他命有效……。他們的談話有時像專家，有時又太過恐癌。聽多了，我覺得他們未免太悲觀，太鑽牛角尖了，我問丈夫：「你們不能談些別的事情嗎？」

曾幾何時，我跟我的好友們也步他們的後塵，我們聊天的話題居然也繞著疾病、醫藥的範圍兜圈子：血脂肪高、骨密度低、視力模糊、牙齒鬆動、睡眠品質不好等等，不一而足。甲說某醫生視病猶親，乙說她服用的××丸很管用。天啊！我們難道也沒有別的事情可談了嗎？

有一位朋友寡居多年，與獨子和媳婦同住，經濟情形還可以，媳婦照顧她無微不至，可是她整天喊不舒服，這裡痛哪裡痛，疑神疑鬼；去看醫生，又看不出她有任何毛病。她經常在電話中向我訴苦，說自己腳軟不能下樓，哪兒都不能去，又沒有人跟她說話。「做老人好苦呀！」每次她都用這句話做結語。我聽了有點反感，因為我對她這句話不能苟同。我知道她的「苦」，她的寂寞，都是由於精神沒有寄託，心靈空虛，日子無聊，不知如何排遣；心理影響到生理，所以她覺得自己百病叢生。

我勸她找點事情來做。打毛線、寫毛筆字？她說她的雙手發麻，不能拿織針，也不能執筆。閱讀？書看久了眼睛會痛。做柔軟操？沒體力。到廚房幫媳婦做菜？媳婦不讓她動手，還嫌她礙手礙腳。聽收音機或音樂？沒興趣。她把我所有的建議全都推翻，對一個行動不方便的老太太而言，那還能做什麼呢？於是，她只能整天坐在電視機前，心不在焉的盯著螢光幕，一面嘀咕著節目不好看，但是又提不起勁兒去做別的事；就這樣日復一日的，讓自己的身心與時光一起逐漸老去。這不是太可悲了嗎？

我很想告訴她，她是人在福中不知福：她並沒有什麼嚴重的毛病，不愁衣食，有兒媳照顧生活，還有什麼好埋怨的呢？比起一些貧病交迫、孤苦無依的老人，豈非幸福千萬倍？人到晚年，首要自求多福，一切必須靠自己，而不是靠子孫或任何人。我要奉獻很多「自字訣」給她以及其他老人：除了「自求多福」外，還要「自得其樂」、「自我陶醉」、「自我安慰」、「自我肯定」、「自我調適」、「自力更生」；要是能夠「自給自足」，不必向子孫伸手，那就更能保有一個老人的「自尊」了。

老人還要無事忙，無事找事做，就不會自尋煩惱、自怨自艾了。這些話，我不知道我的朋友是否聽得進去？

九十八年，《中華副刊》

愛樹

「高樓喜見一花開，便覺得春光撲面來」，「只因看盡洛花城，始與東風容易別」，「不覺迷路為花開」……這些古人的詩句似都為我而詠，而我也經常為這些得盡我心的詩句神魂顛倒，因為我曾經是一個愛花成痴的人。不過，隨著歲月增長，我似乎有了一些改變；我仍然愛花，沒有變節，但我又愛上了樹。嬌嬈的花像是薄命紅顏，容易凋謝；而樹卻越長越蒼勁挺拔，老而彌堅，仰之彌高，令人肅然起敬。相形之下，樹是不是比花更值得珍惜？

正因為太愛花，從前我不太注意樹，直至前幾年我住在美國麻州二兒家時，才發現了樹的迷人。我不知道是地理關係還是開發早晚之故，新英格蘭地區的樹木都是參天古木，樹身都起碼兩人合抱，即使庭院中的樹木也都像巨人般矗立。我無事時坐在兒子的起居室中，透過落地窗望出去，但見群樹環繞，頗有住在森林中之感。後來到德州休士頓小兒子家時，看見他住的社區的路樹都是瘦伶伶，雖然他的社區是新開發的，不過郊外也好像沒有看見像新英格蘭地區的古木成林，美國南方比較單調的景色也略略使我失望。

這一輩子，除了童年曾有一段時期住一幢花園洋房裡，其餘的時間全都住在都市的樓房上；除了盆花，從來沒有機會與樹木相親。想不到，這一年來，居然有幸住到一個綠樹環繞的社區裡，行人道上都有兩排行道樹，右邊是一座草木蔥蘢的小山，左側是一個建在山丘上小公園。要到公園得爬上四層樓高的石階，我患膝關節炎，不敢上去，只有望園興嘆。還好公園下面也有供行人供閒納涼的所在，這就是我這個愛樹人的樂園了。

我最愛的是斜坡上的十幾棵樹，我叫得出名字的是欒樹、楓香、榕樹、麵包樹等，它們雖然不是參天古木，但也是已長成的樹，已有雄偉之姿。其中欒樹和楓香的葉子最美，羽毛狀和掌狀的兩種樹葉在風中互相招展搖曳，在陽光下閃耀出迷離的光影；各種的綠：濃淡、深淺、碧翠、黛青……，還有嫩葉的嫣紅與鵝黃，交織成一張比七彩還要瑰麗的網，美得令人目眩神馳。我每天清晨出門散步，走到這些樹下時，總要抬頭欣賞這張綠的網，享受樹蔭的清涼，徘徊不忍遽去。這時，舒伯特的名歌「菩提樹」就湧上心頭：「我家大門前面，有一棟菩提樹，我曾在大樹底下，做過甜夢無數。……」現在，我家門前也有大樹呀，可惜我已沒有資格在樹下做夢了。

然後我又想到了另外一首英文歌，歌名好像就是「樹」，歌詞已幾乎全忘，只記得最後兩句：「愚者如我做的是詩，唯有上帝才會造樹。」這首歌詞原來是英詩，作者當然是一位詩人，他的愛樹，真是深獲我心。

樹不但美化大地，給大地以綠蔭，供應豐美的果實、樹漿、木材，為地球做水土保持，潔淨空氣……好處說不盡，怪不得那位詩人說「唯有上帝才會造樹」了。

花固然嬌美，可惜彩雲易散琉璃破，不能持久；而樹不但偉岸英挺，別有一種豪邁之姿，壽命可長達數百年，對人類又有那麼多偉大的貢獻，我怎能不愛它？

九十七年，《中華副刊》

小小改變，大大歡樂

自從成年以後，我就是個規行矩步、凡事一絲不苟的人，還曾自嘲為「標準鐘」、「四方木」，呆板的個性，數十年不改。有人取笑我太刻板，太自虐，太不懂生活情趣。「何自苦乃爾」？「何必畫地自囚」？反對派這樣批評我。但也有讚賞的認為我的律己甚嚴是真君子，是今之古人，是僅存的、瀕臨絕種的稀有動物。

我才不管別人的看法，我就是我，我這種個人的作為又不妨礙別人，我自苦自虐，不懂享受人生，都是自家的事，何必隨別人起舞？於是我行我素，大半輩子初衷不改，倒也自得其樂。

不過，近半年來，我因為搬了家，生活上有了小小的改變，雖然每天只花十幾二十分鐘，也不影響到作息，但對我這個呆板的人而言，已不容易。多年來，我已養成每天清晨五時半在床上收聽英語教學節目的習慣，聽完兩個不同的節目後，六時半一定起床展開一天的活動。然而這一年來這兩個節目都收聽不到，使我嗒然若失，很不是味道。然後，隨著我最近一年的連搬兩次家，不但丟了很多很多的身外物，連很多好習慣也改掉。開始過另一種新生活固然不錯，但呆板的個性都依舊。

清晨出門散步或做運動是很多年長者的習慣，而我過去都因住處環境沒有適當的場地而從未參予過，當然也由於我捨不得放棄收聽英語教學節目的關係，白白喪失了很多年的運動機會。去年夏天我搬來現住的銀髮公寓，最大的收獲便是社區環境的清靜與整潔，使我有機會做「晨運」。大樓左側不遠是一座草木蔥籠的小山。右側是一座位於山丘上的小公園；巷道種滿了綠樹，人行道鋪著整齊的地磚，車輛不多，堂皇的豪宅群矗立路旁，高級的中庭都是歐式風味，看著都賞心悅目。搬進來不久，我每天清晨都到社區中散步，不，我不是悠閑地散步，是快步走，以達到有氧的目的。大概走了五分鐘之後就會全身發熱。於是，十五分鐘之後我就打道回府，因為我這個呆板的人習慣在七時進早餐。

自從養成這個習慣以後，這短短十五分鐘便成為我一天中最快樂的時刻。清涼的晨風吹拂著，空氣中帶著花草樹木的清香；抬頭可看到淡彩晨空下含笑的近山。心無罣礙，步履輕快，這種樂趣又豈是躲在被窩中和周公打交道的人所能體會的？偶然會碰到一兩個有志一同也在散步的中老年人，無論識與不識，彼此說一聲早，就感到人間多麼溫暖，世界多麼美好，人生到此，復有何求呢？

我的要求很少，很容易滿足；在經過多年一成不變的生活後，如今終於有了「突破」，小小的改變帶來了大大的歡樂，這真是始料未及的。我也不禁開始懷疑：自己多年來的擇善固執、一成不變，到底對不對？

九十七年，《中華副刊》

三種喜悅

見山

遷來新居的第一個感覺就是「環新店皆山地」，唸小六時讀歐陽修〈醉翁亭記〉的第一句「環滁皆山也」忽地兜上心頭。

新居位於十二樓，前後都有落地大窗，望向窗外，到處都看得到山。雖然都是遠景，近景是櫛比鱗次的房舍、高樓、車水馬龍的街道、高架橋、高速公路；但是這些都市景觀並沒有擋住嫵媚的山色。透過落地窗的大片玻璃，我不必開門就見到山，於是忍不住又套一句老杜的詩「舍東舍西皆有山」，覺得從來不曾與山這樣親近過。

屋前的山較低，屋後的山較高，而且都有三四重，近的蒼翠，遠的濃綠，更遠的灰藍，色調因光線的不同而千變萬化。陽光普照時清晰如工筆畫，彷彿伸手可掬；陰天時曚曚矓矓的含蓄之美像是印象派油畫；陰雨時會有白雲橫亙山腰，飄飄忽忽有如幻影，又活脫是一幅水墨畫。閒來無事，獨坐窗前遠眺山景，充分享受到「只可自愉悅」的境界。

想不到居住在鬧市也可以天天欣賞到山的萬種風情，比起在舊居時抬頭只看到一線天的無奈，真是意外的收獲。

臨池樂

好幾年沒有拿起毛筆臨帖了，因為字寫得越來越醜，自己也不忍卒睹，所以索性放棄。遷居以後覺得應該過一種新生活，又不甘寂寞起來。自忖一息尚存，寶刀未老，怎可以投閑置散，坐以待斃呢？我是個說到做到的人，立刻就到附近的文具店去買新的毛筆以及一刀小學生習字用的九宮格，再翻出幾本陳年字帖，開始發憤練字。

從前我臨摹的是王羲之的〈樂毅論〉和趙孟頫的〈靈飛經〉，也臨過蘇東坡的行書。王體秀逸，趙體柔媚，都適合女性學書；蘇體豪邁奔放，與我拘謹的個性相違；但我這次重拾毛筆，卻捨王、趙而選了蘇，每天用心摹仿他的墨寶〈赤壁賦〉。儘管由於久疏書法而且字拙，我寫出來的字慘不忍睹；不過，從那拓印出來的瀟灑而又才氣縱橫筆跡，重讀〈赤壁賦〉中的名句，感到與我從小就心儀的古人似乎可以心靈相通，不禁為之神馳。

失而復得

一本追隨我已有三十年以上的手抄詩集，以為在搬家時弄丟了，遍尋不獲之餘，痛心了很久。那些我多年來蒐集抄錄的古人、今人錦繡佳句，曾經是我的寶貝，我的珍藏，心情鬱悶時，翻開來吟頌一番，經過那字字珠璣的撫慰，心境馬上又恢復了清風朗月。我愛它如同拱璧瑰寶，名之為我的「錦囊詩鈔」，雖然不是我的詩作，但卻是我精選而來，深獲我心的別人的力作啊！

可如今它失蹤了，一定是我搬家前整理東西時不小心遺漏了，怎麼辦？它可是千金不換的無價之寶，得來匪易的。這一失，害得我夜不成眠，茶飯不思，彷彿患了相思病。然後，大約兩個月後，我因為要找一份證件而把一放置重要文件抽屜徹底搜索一番，當我打開一本舊日記時，精裝的硬皮封面一打開，裡面不是日記，而赫然是我的「錦囊詩鈔」，真是喜出望外，就像中了一個特獎。原來我在搬家前丟棄了許多舊日記，因為多年來我的生活一成不變，每天的日記無非是起居注，沒有保留的價值，就狠心地丟棄了大部分。也許認為這個封面比較漂亮，可以用來做文件夾，就留下來順手把「錦囊詩鈔」夾進去。搬進新居後，我大概以為是去年的日記，把它放在今年的日記本下面，而演變成失蹤案件；假使不是要找那分證件，它還不知要埋沒多久呢？

謝天謝地，我的寶貝終於失而復得，這分意外的喜悅，又豈是中獎可比？

九十六年，《中華副刊》

啊！這樣美好的感覺

很久沒有這樣美好的感覺了，一覺醒來已將近六時，足足睡了七個多鐘頭；全身上下沒有任何不適，神清氣爽，彷彿在雲端。我太高興了，我想大叫，我想跳躍；不過，我什麼也沒有做，只是默默地進行每天生活中的例行活動。在早餐桌上，我啜飲著我最愛的檸檬紅茶，品嚐著香脆的烤全麥麵包，一面閱讀報紙，感到心滿意足，認為人生不過如此。假使今天的報紙多一些溫馨的正面報導，少一些醜惡的新聞；那麼這一頓早餐就更能夠配合我此刻的心情。

偶然望向露台，每一盆花木都鍍滿了金色的朝陽，璀璨而亮麗，不禁滿懷欣悅。然後，一首睽違數十年的舊歌歌詞，忽然兜上心頭。那是電影「奧克拉荷馬之戀」（Oklahoma）一片中的插曲。歌詞如下：

Oh! What a beautiful morning!
Oh! What a beautiful day!
I got a beautiful feeling,
Everything is going my way.

這首歌歌詞簡單易懂，稍識ＡＢＣ的人都可以琅琅上口；

而且旋律也很優美，所以數十年來我還記得。現在，我輕輕地哼著，似乎又回到當年的歲月。啊！好一個美麗的早晨，好一個美麗的日子，我有一個美好的感覺，這不正是我此刻的寫照嗎？那麼，是不是每一件事情都可以隨心所欲going my way呢？那就不得而知了。盡其在我，一切隨緣吧！

我知道我為什麼今天會有這樣的心情，首先當然是由於身體狀況良好，再來應該是天氣晴朗，第三大概是沒有惱人的問題，所以我能夠像一隻快樂的小小鳥吧？感謝上天賜給我這個美麗的早晨，這個美麗的日子，還有美好的感覺；我不敢奢望事事隨心所欲，我只要健康與平安就夠了，我是個很容易滿足的人，我的要求很卑微。阿門！

九十五年，《中華副刊》

生命中偶得的美

之一

那已是一個因為太久遠而變得模糊破碎的斷夢；模糊得像是隔著一層霧，破碎得像是滿地的琉璃屑，如今我還能勉強抓住的無非是來自記憶深處的迷離光影而已。

當年，我還是個芳齡廿一歲的文藝少女，初生之犢，居然不自量力地投出有生以來第一篇創作給一份在桂林發行、很負盛名的月刊；而那位老編居然也不嫌青澀而錄用了，還來信諸多鼓勵。感激涕零之餘，我開始和他通信、認識。有一次，主編先生告訴我，有一位知名作家在離桂林不遠處的興安縣當小學校長，他想去拜訪。「興安就是著名的『湘灕同源』的發源地，風景很美，要不要一起去看看？」沒見過世面的我無可無不可的跟著去，想不到卻跌進了一個美麗的夢中。

興安小學作家校長夫婦的面容記不得了，「湘灕同源」的景色記不得了，我只記得學校旁邊的桃花江。也許是桃花江這個名字吸引了我，在我不完整的印象中，就只有「桃花夾岸，落英繽紛」八個字可以形容，那幽靜的小村莊、淳樸的村民、清澈的河水、碧綠的田疇，不正是陶淵明筆下的桃花源嗎？桃花江抑是桃花源？我自己也分不清楚。

年輕的我有點渾渾噩噩，然而這美麗的桃花江（源）舊夢，卻始終沒有忘懷。校長夫婦和主編先生都已先後作古多年，而「桃花夾岸，落英繽紛」的印象將永遠留給我最美好的回憶。

之二

背景是澄清湖畔，時間大約二十年前，人物是幾位女同事。我和她們並無特殊交情，只是一起參加自強活動，湊巧碰在一起而已。那夜，吃過晚飯，有人建議到湖畔散步，大夥兒就三五成群的走出旅館。

很意外的，那晚的月亮竟又圓又大，把原來並不怎麼樣的澄清湖添加了一分朦朧的美。好月如霜，好風如水，大家的心情也為之亢奮起來。我們沿著湖邊慢慢走著，有人開始低低哼起歌來。

「來！我們來唱歌！」Y首先提議。

「好啊！唱什麼歌？」有人問。

「誰會唱『科羅拉多之夜』？」Y說。

沒有人回答。我說：「很多年前唱過，可是我不記得歌詞了。」這首英文歌我還是學生時代唱過的，現代的年輕人又怎會懂？

「沒有關係，我也不一定記得呀！」Y說著就開始唱了起來。我除了頭一兩句，真的是一片空白，就只有低聲跟著哼。其他的人有的倚欄望月，有的乾脆走開了。Y的歌聲高亢，但唱得不算好。難得的是平常她連國外寄來的英文地址都看不懂，總要找我翻譯；而此刻她竟能完整地把一首「科羅拉多之月」唱完。

一曲告終，我禮貌地給她鼓掌。月下高歌，唱的又是與月光有關；此情此景，當時沒有太多感觸，如今想來，這豈不是非常美妙浪漫的一刻嗎？Y也於兩三年前病逝了，這一刻就更值得追憶。

之三

我在美國搭過兩次小飛機，兩次都有很奇妙的經驗。第一次是在大峽谷遊玩過後，坐小飛機回拉斯維加斯。那時已是黃昏向晚，八人座的小飛機向西飛，追逐著一輪像橙色氣球般的落日，也追逐著滿天金黃、朱紅、淡紫……彷彿打翻了調色盤的滿天霞彩。儘管同伴中有人不耐顛簸而不適，我卻深深被這璀璨的天空所迷惑；我從來不曾這樣接近晚霞，我是追日的夸父嗎？那短短的半個鐘頭太神奇了，為什麼我的同伴個個都無動於衷？為何每一個人都在閉目養神，寧願辜負眼前美景？

另外一次是我和外子從洛杉磯搭機到華府探望兒子。天曉得，洛城竟然沒有班機直飛華府，我們必須從洛城先飛波士頓，再從波士頓搭小飛機到華府。這次是夜航，在狹窄的廿人小飛機中我們坐在左邊。從波士頓南飛，左邊是東，右邊是西。於是，從機艙窗外，我看到了日月並存的奇觀。北美的夜來得晚，東邊雖然月出了，西方的太陽還捨不得回家！我把頭轉向左，看見一輪皓月緊緊跟著飛機走；轉向右邊，只見西天一片彩霞，紅日還隱藏在霞光裡。美妙呀！左邊是「山月隨人歸」，右邊是「夕陽無限好」，我在美國的天空上讀到了我們的唐詩。小飛機雖然坐得不舒服，但意外得賞奇景，也算不虛此行。

這已是十二、三年前的往事，外子也辭世三年多；然而，日月伴行，左右逢源的奇景卻長在心頭。

九十二年，《青年副刊》

浮生二三事

自從「煞廝」（ＳＡＲＳ）這廝開始肆虐以來，我們這些小老百姓不但人心惶惶、人人自危，甚至連日常的生活步調也全都亂了。在這一兩個月中，大型集會取消了，大家都不敢搭乘大眾交通工具；不敢外食，因而人與人之間的接觸也相對減少。頓時間，這個社會好像變得單純些、平靜些，有點回到數十年前的樣子。

大家不敢出門，其實好處多多，既可節省無謂的開銷；在家裡吃飯又營養又衛生；居家比較安全；家人團聚，可增進天倫之樂；在家裡休閒，可以多讀書，多自修；親友之間利用電話或電子郵件互通音訊，一樣可以聯絡感情。有一位愛漂亮的朋友在電話中抱怨：自從煞斯來了之後，害她不敢出門，以至新買的夏裝都沒有機會亮相。我則跟她持相反的看法：出門時反正戴著口罩，就連口紅都不必塗了，豈不簡便？省事？

煞斯雖然可恨可惡，但也非一無是處。起碼，它使我們的社會返璞歸真，遠離浮華。更何況，它提高了我們的危機意識？

說來慚愧，家中滿坑滿谷的書有幾本讀過？從前上班時可以忙字來作擋箭牌或藉口；退休後「賢」人一個，個性內向，不愛串門子或四處趴趴走（冬嫌冷，夏怕熱，秋天多風，春天怕雨）；電話講太多，言多必失；逛街沒興趣，家裡的東西已足夠。於是，除了每天被兩份報紙佔去不少時間外，如今，我都是靠閱讀來填充那些空閒的分秒。於是，那些被我投閒置散數十年的藏書，又得以一一重見天日。

我閱讀的範圍頗廣，由於一直在自修英文，而英文教學的雜誌內容包羅了科技、時事、醫藥、名人、旅遊、科學、教育、社會等題材，我也被迫非接觸這些知識不可。當然，我的本行中國文學是不會放棄的，我最鍾情的仍是詩詞，我覺得它們就是心靈中璀璨的珠寶。溫馨的小品、優美的散文也是我的最愛，從那些雋永的佳句中，可以淨化內在，愉悅心性。然而，在眾多的書卷中，最令我著迷的還是小說。近年，我發覺自己竟然又回到學生時代，迷小說迷到忘餐廢寢。有時忍不住會罵自己一聲「不長進」；但有時也為自己的返老還童而沾沾自喜：我還有一顆熾熱的年輕的心，我還寶刀未老，這有什麼不好？

一卷在手，神遊大千，此中歡樂，不足為外人道也。我很慶幸能夠重拾青少年時的讀書樂趣。

半年前出版了一本小書，寄了一本給久未見面的Y大姊，請她指教。想不到兩日後即接到她的來電：「我花了兩個晚上拜讀一遍，寫得很好，深獲我心。我在你的書上作了小小的加工，寄還給你。」

我當時有點納悶：加工？是什麼呢？真想不透。一兩天後，我在信箱中找到了這本倦遊歸來的小書，Y大姊口中的

「加工」，原來是在書頁間插滿了細細的標籤，每一條標籤上，Y大姊都用娟秀的筆跡標出了書頁中第×行第×個字是錯字。我數了數，全書有十三處錯字，都由Y大姊細心地發現了。我當下暗叫慚愧，這本書是經過我自己校對了三次才付梓的呀！一向自詡是校對能手，想不到陰溝裡翻船，出了大紕漏，真的是無地自容。同時對Y大姊的心細如髮、明察秋毫，更是欽佩不已。

除了當即致電Y大姊致上最深的敬意與謝意外，我認為Y大姊是我這輩子難得遇到的益友與畏友，能夠交到這樣的朋友，可真是三生有幸。

九十二年，《青年副刊》

想起了危樓上的音樂

午後人靜，找出那卷錄下來還沒看過的音樂會錄影帶來放，這場音樂會的曲目是柴可夫斯基的第六號交響曲「悲愴」以及他的第一號鋼琴協奏曲，都是我最熟悉而喜愛的樂曲。

原本是準備好好地在家欣賞一場音樂會的，可是我居然心不在焉地不能集中精神去聽，因為那種熟得不能再熟的美妙旋律一出現，我的全副心思就立刻回到四十多年前那一段甜蜜而又辛酸的歲月裡。電視畫面上大中小提琴、法國號、單簧管、雙簧管、長笛、定音鼓……各種樂器所奏出來的迷人音符，我都聽而不聞，一縷思維都在那耳熟能詳的旋律中飄到城南淡水河畔那棟日式危樓上。

那個時代，物資缺乏，生活單純，欣賞收音機播放的古典音樂，是我們偶然上電影院看一部西片之外的唯一娛樂。反正那時大家都很窮，也沒有什麼好怨尤的；我還毫不自慚的認為自己是現代顏回。可惜我這個「顏回」身體很差，每天到西門市場買菜回來，都累得必須在榻榻米上睡一會兒才有精神起來燒飯；同時還要照顧四個相差只有一歲半的幼年兒子。那種身心交瘁的日子是怎樣熬過來的，現在想起來，還真有點不寒而慄。

我們一家在那棟危樓裡共住了十五年。最早只有兩個孩子時住的是一間四疊半的房間，大小四個人躺下來就連走路的空間也沒有。後來換到一間六疊的，加上一個大壁櫥，等於七疊，可是那時候我們已有了四個孩子，我只好把大壁櫥當床。又因那個房間位於過道末端，所以我們又把門口的過道「佔據」，擺了兩張藤椅，一張茶几，作為招待親友的「客廳」。我掛了一幅水彩風景畫在牆上，茶几上又經常有鮮花；如此陋室，還贏得來訪親友稱讚為別有洞天。

在那種環境裡，又怎麼關得住四個猴囝仔？在我記憶中，他們一天到晚往外跑，很少待在家裡，所以我才有空在家裡爬格子。有一次么兒跟三個哥哥跑到附近的西門國小去玩，不小心竟掉到池塘裡。三個小鬼不會在現場求救，卻跑回家哭訴。

當時我上班去了，後來聽女傭說：小弟自己從池塘裡爬上來，滿頭滿臉青苔，哭哭啼啼的跑回家，我聽了心痛得直想哭，恨不得馬上辭職回家自己帶孩子，寧願像沒有工作時那樣天天提著菜籃去買菜。但是，我需要那份薪水啊！

年輕的我，似乎真有三頭六臂：上班、帶孩子（遇到沒有女傭的日子，還要燒飯。洗衣服則另請一位歐巴桑代勞），還要寫稿賺稿費。在那間六疊房間裡，我有一張小書桌。小孩子則利用窗台，坐在小凳子上做功課。黃昏時分，常聽見鄰居的媽媽們么喝孩子：「阿雄仔，緊讀冊囉！」「阿秀，卡緊寫字，寫卡水啊！」這些媽媽們都成長在日據時代，本身沒機會受教育，當然是把全副希望寄託在下一代身上。果不其然，當年住在那棟危樓中的小孩，也出了好些人物，洋博士也有好幾個。

我對古典音樂的愛好就是那個時期養成的。那時的廣播電台很重視古典音樂節目，尤其是中廣和空軍兩電台，幾乎一扭開收音機就可聽到。於是，在我們那棟危樓中的陋室裡，整天飄揚著巴哈、莫札特、貝多芬、布拉姆斯、蕭邦、孟德爾松……等等名家的名曲；而柴可夫斯基的作品更是經常播出，他的幾首交響曲以及那首膾炙人口的鋼琴協奏曲，又是聽得最多的。也許由於潛移默化，耳熟能詳之故，么兒在一歲多剛剛會說話就直著喉嚨，咿咿呀呀地「唱」出了歌劇「卡門」中的「鬥牛士之歌」，把我們嚇了一跳。他爸爸得意非常，以為家中出了一個神童，將來不是聲樂家就是音樂家。可惜根本就不是這回事，無非是鸚鵡學舌而已。倒是他的大哥，從小聽音樂長大，愛樂成癡，在國內念完外文系，到國外半路出家，不惜從頭做起，改修作曲，成為我們家中唯一學音樂的人，這倒是我始料不及的。

在當年我們全家的愛樂生涯中，每人都各有偏愛。記得外子最愛布拉姆斯的「大學祝典序曲」，老二最愛蘇培的「輕騎兵序曲」，他一聽見就要玩騎馬打仗。老三好像沒有特別的挑剔。年紀小小的么兒似乎很愛聽拉威爾的「孔雀舞曲」，每次聽到，他都對我說：「這首音樂好悲傷啊！我要哭了！」至於最癡迷的我和老大，喜愛範圍太廣大了，根本沒有辦法列舉；不過，柴可夫斯基的作品可能是我們母子當年的最愛（現在當然可又不止了）。一則是他憂鬱的曲風撥動了我們的心，二則也可能是廣播電台播出的次數比較多；久而久之，我們就變成柴迷了。

歲月悠悠，彈指數十年光陰已付流水。我們六口之家慢慢變成了三代十八口；三年多以前又由於外子的辭世而剩下十七人，分居太平洋兩岸四個不同的城市；雖然每周都可以通話，天涯有若比鄰，但想見面仍不容易。柴氏這首「悲愴」的確令人悲愴，它喚起了我對陳年往事的追憶，對青春逝去的傷懷，一曲未終，我已經泫然。罷！罷！人世幾回傷心往事，當年的危樓早已拆建成為大廈，一切人事亦已全非。滄海桑田，生老病死，本來就是自然法則，何必去想那麼多？要欣賞音樂就專心去欣賞吧！你已經不是那種傷春悲秋的年紀了，何苦自尋煩惱？

九十二年，《中華副刊》

異國溫情

初秋早晨，大伙兒坐在倫敦一家旅館的大廳裡等候導遊帶我們去觀光。坐在附近的一位外國老先生忽然轉過頭來用英語問：「你們是從中華民國台灣來的嗎？」

「是啊！」大家異口同聲地回答。

「我昨天晚上在電視新聞上看到台灣發生六級地震的消息，真希望你們的家人都安全無恙。」

出國半個月，沒看報紙、電視，不知世情。前兩天墨西哥大地震的消息還是遊覽車司機告訴我們的。怎料到家鄉發生六級地震呢？天啊！但願家裡不要出了事才好！

一聽見這個驚人的消息，大家便圍過來七嘴八舌地向那位面目慈祥的老先生打聽更詳細的情形。但他雙手一攤，雙肩一聳，露出了一副無可奈何的表情說：「我沒有辦法說得更詳盡了，電視上就是如此報導而已。」

「先生，你是美國人嗎？」我問。

「是的，我住在紐約，鄰居正是善良的中國人。我相信上帝會保佑你們，我知道你們都是好人。」

「真是太謝謝你了！」我們由衷地表示感激。

「你們不要擔心，不會有事的。嗯！」老先生站起來說：

「我得走了，這份報紙留給你們看吧！」他把手中那份當天的英文報摺疊好以後交給我，親切地跟我們道別，然後踽踽地走開。

那份報紙上面也沒有刊出台灣地震的消息（回國後才知道那次的震央在東部，並沒有造成災害），但是，那股異國的溫情，卻使我永遠難忘。

幾句關心的話和一份不值錢的報紙，也許算不了什麼；然而，這位萍水相逢的異國老人，那份真摯的同情與關心，卻流露出人類一種高貴的情操——彼此關懷。

《800字小語》

不可一日無此君

小時候習字，用過一枝毛筆，筆桿上刻著「不可一日無此君」七個字。當時對這句話並沒有什麼特殊感受，但卻印象深刻。到了今日，我覺得用它來形容我和書本（包括所有讀物在內）的關係，可說貼切極了。

不久以前，我到海外去旅遊，其中曾有三天住在一位親戚家中。她家既不訂報紙雜誌，又沒有任何書籍，而我每天起來又比誰都早，在那段「孤獨」的時間裡，我的眼睛沒有文字可以閱讀，只好乾瞪著天花板，真是有多難受就多難受。原來我的雙眼從識字就已時刻離不開讀物。

從國小開始，我就常常因為愛看書而於課後流連書店，遲不返家；在家裡，又常因貪看小說不肯幫忙家務而被母親責備。等到長大後自己組織小家庭，一面餵嬰兒吃奶一面看報，一面燒菜一面看書的情形更是無日無之，當然偶而也會有噎到嬰兒或把菜燒焦了的糗事。當時也曾因此而痛下決心改過自新，可惜不久又會故態復萌。書本對我的魅力實在太大。

現在，我早已沒有兒女的牽絆，而且也從工作崗位上退下來，完全是閑雲野鶴之身；於是，書本更成為我生活中最大的慰藉。不過，我承認我有點懶惰，我不想為讀書而讀書，我喜歡隨興所之，東翻翻，西翻翻，碰到合意的，我會讀個兩三遍，不喜歡的，對不起，闔起來，束之高閣可也。

我也很沒出息，到現在為止，我還是只愛閒書。可是，我卻不是「讀書不求甚解」的那種，即使看閒書，我仍要考證。遇到不認識或不會發音的字，不論中文英文，我一定要馬上查字典；看到陌生的地名，一定要查閱地圖；讀到歷史上的人物或事件而不清楚的，也要翻百科全書，追根究柢。我雖懶惰，卻是有疑必查，對考證的工作一點也不憚煩。

我本來就是個對時間極其吝嗇的人，我絕對不會讓自己呆坐著而不做任何事。即使現在退休了，也不容許自己游手好閑。每天，除了睡覺、吃飯、做家事和偶然外出，無時無刻，都會一卷在手；甚至在看電視時，短短的廣告時間也需要閱讀。因此，我每天都需要大量讀物：兩份到三份的報紙、各種類型的雜誌，加上一些文學類的書籍以及工具書，讀物的消耗量相當大。幸虧現在是個出版業發達的時代，來源絕不虞匱乏。

也許我還是個沒有什麼學問的人；然而，愛書成癖，不可一日無此君卻是事實，書本，豐富了我的精神生活。

七十八年，《中央副刊》

逛書店之樂

談到逛書店，恐怕每一個愛書人都會眉飛色舞，認為是一樁賞心樂事吧？的確，在書店中隨意翻閱各種圖書，遇到有合意的就把它買回家，那種名副其實的開卷有益而又可以增添自己藏書之樂，若非親身體驗過，實在難以形容。一般公共圖書館雖然也有浩瀚的書海可供涵泳；但是在圖書館中非得正襟危坐來閱讀，又怎比得上在書店中的自由自在呢？從前，窮學生逛書店看白書常遭店員白眼；如今，一般現代化管理的新興書店都採取開架式，任由顧客自由閱讀、自由取貨，而且有座位可供坐讀，再也不必擔心店員的白眼，逛書店就更加寫意了。

我最早的逛書店經驗是在初中一年級時，那也是書店店員對窮學生們白眼相加最多的時代。不過，我那個時候逛書店都是跟同學們結伴出去的，仗著人多勢眾，倒也不怕店員的白眼。

那個時代，有一家叫廣益書局的印行了許多以章回小說為主的銅版書，而且以一折的低價傾銷。這樣一來，就吸引了無數愛看舊小說的讀者。我不知道當年成年顧客的情形，我只知道我們這些小女生對那些章回小說都迷得如痴如醉（是不是因為價廉的關係呢？）。每天放學以後，便呼朋喚友地背著書包到書店去「尋寶」。因為價錢便宜的關係，我們並非完全看白書，隔一兩天總會買一本回去。在那個階段裡，我把《水滸傳》、《三國演義》、《西遊記》、《封神榜》、《孟麗君》、《七俠五義》、《紅樓夢》、《聊齋誌異》……等等著名的舊小說全都瀏覽了一遍。雖然有很多只是一知半解，但是卻也看得廢寢忘餐，幾乎影響到課業。父親固然也曾經一再告誡我不可以為了「閒書」而誤了學業。不過，他也是個愛書人，他也常常買「閒書」給我；因此，那時的我也擁有不少藏書。可惜，經過兩次逃難，一本也沒能帶到台灣，想起來都覺得心疼。

上了高中和大學以後，我閱讀的興趣轉向新文藝、翻譯小說和英文小說。住在香港那幾年，因為迷電影，逛書店時總是以美國出版的電影雜誌為第一目標，遇到介紹自己心目中的偶像明星時，就一定要把這本雜誌買回去。迷電影，迷影星，也許不是值得鼓勵的事；不過，從閱讀那些英文的電影雜誌而學到了不少現代英語，卻也是另外一種收獲。

剛來台灣那幾年，我也常到書店去買英文雜誌，位於衡陽路的文星書店和西寧南路的台灣英文雜誌社，我都經常光顧。我最常買的是《國家地理雜誌》（National Geography）、《紅書》（Red book）、《婦女家庭雜誌》、《好管家》（Good Housekeeping）等幾種。那時英文雜誌的價錢很貴，我因為靠投稿補貼家用，不得不花點本錢。好在稿費雖低，比起雜誌價錢，還是很划得來。

經過了這麼多年，我很慶幸自己愛書的習慣未改，我依然愛逛書店，愛買書、讀書。雖然我已不再熱衷於章回小說和電影雜誌；但是，我仍以在書海裡涵泳和坐擁書城為樂，也永遠以讀到好書為樂。

要是沒有好書可讀，人生將會多乏味，這個世界又將會多寂寞！

七十七年，《精湛季刊》

瑰麗的天空

你可曾看過這麼美麗瑰麗多采的天空？你可曾有過這樣的「奇遇」？在一個初冬的黃昏，我在紅塵十丈、喧囂擁擠的市廛中向東而行。先是掛在正前方水藍色天空上襯托著朵朵淺粉色卷雲、像一片水晶般的弓形半月吸引了我的視線；接著我發現我的右側天空，已出現了一顆燦然閃耀的金色星子（是太白金星嗎？），而在我後面的西天，卻是一大片橘紅色的彤雲，佈滿在淡青和淺紫的天幕上。

霎時間，這幅星星和月亮同時在殘霞滿天時出現的絢麗奇景驚懾了我，一種幸福的感受也緊緊的包圍著我，使我忘卻了四周的車陣與行人。台北的初冬，天氣已涼而未寒，又值大晴天，從清晨到黃昏，天空都是澄澈無比，亮麗到了極點，可說是台北人難得遇到的好天氣，而我們有幸已享受了幾天了。只是，如此璀璨嫵媚的黃昏，卻似乎是第一次欣賞（注意？）到。

我每天下班都特意提前下車，步行二十分鐘回家，把它當成我的室外運動。雖然這條路一點也不好走，先得穿越一個沒有紅綠燈、兩邊人小車輛衝鋒而來、驚險萬狀的十字路口，然後得走過一條長長的窄窄的，也是車輛穿梭不絕，路旁又有房屋在施工的馬路；不但走得提心吊膽、步步為營，而且也飽受塵埃侵襲。但是，我還是非走這段路不可；作為一個整天伏案的上班族，不多找機會活動身體，那可是會影響到健康的。

這個黃昏，可又不同了。抬頭有瑰麗多采的天象可看，車陣和塵囂又怎會減低我的清興、污染我的素心呢？為了貪看背後天空的彩霞，為了不想顧此失彼，我乾脆停下腳步，佇立在行人較少的路旁，仰首盡情欣賞這幅大自然的傑作巨畫。人家是「獨立市橋人不識，一星如月看多時」，我則是「獨立路旁人不識，一星一月看多時」，也算是一種情癡吧？

弓形半月越來越晶瑩剔透，金色星子始終燦然。但是，在短短十數分鐘之內，這幅大自然的巨畫便有了變化。天幕本來是一半水藍色，一半是淡青和淡紫的；現在，幾乎整個天空都變成了紫色，那些彤雲的顏色也漸漸變深，成為紅褐色了。

黃昏已逝，暮色漸漸圍攏過來。等我走完二十分鐘的路程，回到我家的巷子裡，天色已完全暗下來。艷麗的晚霞不知何時消失無踪，只剩下那顆孤獨的星星和皎潔的半月遙遙相對，像是綴在紫灰色天鵝絨上的兩件金色和鑽石的飾物。

請不要笑我吟風弄月，這樣珍奇絢麗的大自然傑作，要是沒有人去欣賞，豈不辜負了上蒼的一番美意？何況，我們這些長年以心為形役、快要迷失自我的凡夫俗子，正需要風花雪月來美化心靈。

晚上，電視上的氣象報告說：一道冷鋒接近本省，明天又要變成陰雨天了。可不是？「夕陽無限好」、「一年好景君須記」、「有花堪折直須折，莫待無花空折枝」，良辰美景都是短暫的，我怎能不珍惜這個黃昏的「奇遇」？

七十四年，《中華副刊》

輯三　懷念與追思

此身雖在堪驚

——兼懷故人

閑來無事，窗下讀詞，信手翻到宋人陳與義的〈臨江仙〉。這原是我非常喜愛的一首，但這次重讀，感受與往昔竟大不相同。其中二句「二十餘年如一夢，此身雖在堪驚」，使我不但惕然

畢璞與文壇好友姊妹情深，早年常有聚會，而今多以電話聯繫感情。左起：匡若霞、畢璞、芯心、王明書、姚宜瑛、鍾麗珠、鮑曉暉，攝於1986年。（王明書提供）

而驚，更興起了一種蒼涼之感。詞人的夢不過二十餘年，已覺堪驚；而我的夢已超過六十年，豈不比他堪驚將近三倍？只是不才如我，寫不出這樣震撼心靈的佳句罷。

我習慣把我的人生分為兩部分：前一個部分是在大陸家鄉以及其他城市的童年乃至青年；後一部分則是生活在台灣的六十三年。太可驚了，六十多年！來台早期出生的人都已年屆花甲，更何況當年倉皇逃難、離鄉背井、渡海來台的成年人？經過了一甲子的歲月，來台的第一代多已作古，倖存的亦已到了日薄西山的風燭殘年，豈不堪驚？

記得父親在晚年時，來信常提到：「你的郭伯伯、曾叔叔……三叔婆、六叔公……等都已先後去世，『訪舊半為鬼』、『知交半零落』，親友日漸凋零，我也越來越寂寞了。」每次接到父親這類的信，心頭自是一陣悽惻；不過，那時我並不了解老人的心境，以為父親只是為親友的離世而悲傷；現在回想起來，我知道父親是「悲君亦自悲」，因為我已超過了父親當年的年紀，多年來也是親朋故舊相繼凋零，同輩同齡的人越來越少，世界也日漸縮小，一種高處不勝寒的失落感，人生頓變灰色，父親當年的寂寞，我感同身受。

想當年，我的朋友還真不少，我們經常餐敘、茶敘、郊遊、看電影、看展覽、逛街，甚至遠赴中南部訪友；那些日子過得何等逍遙快樂。曾幾何時，這些故友們有的已歸道山，有的移民海外，有的老病纏身，有的行動不便……當年雅集的歡樂，早已煙消雲散。剩下少數的老弱殘兵，出一次門也並不容易，已是「相見時難別亦難」，太可悲了。用電話互訴衷曲，是我們這些「老」朋友們唯一的聯繫，可惜有幾位聽覺退化，連通話都有困難，這真是造化弄人，無可奈何。

前面我說來台的六十餘年如一夢，這讓我想起了我來台最先認識的一位朋友簡潤芝。那時我們同住在《公論報》的公共宿舍裡，而且是隔壁房間。她和我年齡相若，同是老廣，彼此的孩子年紀也差不多。不同的是，她當時是《公論報》的記者，而我是個家庭主婦；不過我也開始寫一些不成熟的作品投稿，也算半個同行吧？總之，我們一見如故，相見恨晚，無話不談，很快就成為好友。可惜她一家後來搬離那間破舊的公共宿舍，就此失去了見面的機會。十多年後我進入《中國時報》工作，而她也在該報當記者，但我們上班的時間不同，還是沒機會見面。直至有一次報社周年紀念，全體同仁在圓山大飯店聚餐，我們才又重逢。餐後，她搭一位資深記者的便車回報社，邀我同行。她客氣地問我：「我們兩人都坐後座嗎？」那時，有汽車代步的人不多，大家也不太懂得搭便車的禮貌，愚蠢而無知的我竟隨口答：「那有什麼辦法呀？」於是我們兩人坐進後座，那位大牌記者變成司機。他一路上板著臉，一言不發，潤芝跟他說話，他也不理不睬。我想：這個人為什麼這樣踐呀？後來才領悟到是我們的不禮貌惹惱了他，而禍首當然是我。在這段小插曲之後，我和潤芝又是各忙各的，好像沒有再碰過面。後來聽說她婚變、赴美、再譜第二春，此後就沒有再聽過她的任何消息。對這位來台最先認識的友人，我始終懷念著，只不知她現在何方。

再一位使我懷念的早年好友是黃和英，她是我主編《大華晚報・甜蜜的家庭》版時的作者。她是一位家庭主婦，用一個現代名詞來形容是一位家政「達人」，擅長烹飪，精通家政。她先是替我寫食譜，後來開闢了一個「家政信箱」，為讀者解答家政方面的疑難，頗得好評。我和她的關係絕不止於編者和作者，而是知心的朋友。她比我年齡稍長而且早婚，人生經驗豐富，常常授我以持家之道，使我獲益良多。她不但對我友好，對我的家人也一樣親切；偶然會邀請我和丈夫及孩子到她家吃飯，她的先生以及已長大的兒女都對我們十分友善，兩家人就像一家人。和英在《甜蜜的家庭》版主持「家政信箱」數年，累積了一些名氣，後來進入《國語日報》主編家庭版，也寫了些文章，出了一本書《海外探兒女》。不幸她的先生不久後去世，她就到美國去跟兒女們團聚。她出國後我們依然書信往來不絕，想不到幾年後身體一向健康的她竟罹癌不治，我也失去了一位摯友。

再來就是叢靜文了，她是我第一次參加文友慶生會時認識的。我剛好坐在她旁邊，她用一臉燦爛的笑容來歡迎我。她是北平人，而我是南蠻子，不知怎的，兩人就是投緣。認識以後，凡是參加任何活動，她都邀我作伴。我們常常一起參觀畫展，聽音樂會，看歌劇，看歐洲影片，郊遊。我們個性迥異，她活潑外向，我沉默內向，但興趣相同；用電話聊天，一個鐘頭都不夠，相交數十年，友情十分深厚。可憐這位單身獨居的戲劇教授，晚年健康不佳，經常進出醫院，有時晚上要去急診，都是獨自前往；身為好友，卻愛莫能助，心中十分難過。

八年前的夏天，她又住院，我去看她，她跟我說出院後要去住安養院，我也覺得這是最好的辦法。不久後我赴美探望兒孫，逗留了三個多月，回來後打電話給那家醫院詢問，得到的答覆卻是：「叢教授已不幸走了。」這真是晴天霹靂，雖然她已病了很久，但幾個月前她還在為未來規畫，怎麼說走就走了呢？我又失去一個老友。唉！

事實上，這些年來，我失去的老友已不知凡幾。每次翻看舊照片，幾乎每一幀裡面都有已經去世的人，可說觸目驚心，父親當年的心境，我完全能夠體會。人到暮年，知心朋友比什麼都重要，絕不可少。夫妻之間對事物的看法未必相同，兒孫輩又有代溝，唯有知己朋友可以掏心掏肺互訴衷曲互相慰藉。當你的朋友一個個相繼離去，你四顧茫茫，無人可語，那種孤寂、蒼涼與失落，那不就是「此身雖在堪驚」的境界？人間為什麼要有生離死別？要是「但願人長久，千里共嬋娟」真能實現，豈不皆大歡喜？然而，那可能嗎？我只好無語問蒼天了。

一百零一年九月，《文訊》

一星如月看多時

——悼好友艾雯

八月二十九日早上，我如常的拿著放大鏡在閱報；看完了幾版新聞後，忽然在文教版的右下角看到「作家艾雯逝世」的消息，還附有照片。在震驚與不能置信的心情下，我趕緊把整段新聞讀完，果然，我沒有眼花，我的好友已於27日離開這個世界，永別人間。唉！近年來親朋故舊的相繼凋零，已成為我生命中無法承受的傷痛。如今，好友又缺一人，教我情何以堪？我記得，8月20日上午，艾雯來打過電話給我，她雖然一如往常的不斷咳嗽，但是精神不錯。我們如常的談文論道，也閒話家常。我勸她即使在家裡也要多運動，不可老坐在沙發上；她說她走幾步就會氣喘，是不能也，非不為也。我聽了很難過，也就不敢再勸她。做夢也想不到，短短一個星期之後，她就被這個折磨她多年的痼疾擊倒，而那次的通話，就成為我們之間最後的一次，從此天人永隔。

在文友之中，我跟艾雯認識得不算早，因她早年住在岡山，無緣識荊。後來她北上，加入婦女寫作協會及文友慶生會之後，我們得以經常見面，這才慢慢熟稔。她給我的最初印象是個相當注重儀表的人，整齊的髮型一絲不亂，穿著也得體大方。她待人熱情，在慶生會中她常常分送大家小禮物，頗得人緣。她的一口吳儂軟語雖不易懂，不過，有時帶著濃重鄉音的國語，聽起來反而可愛。

也由於我們有著不少共同的愛好：文學、美術、女紅、花木、小玩藝等等，艾雯和我漸覺彼此磁場相近，很談得來。而經常在電話中傾吐心曲，則是在這20年內我退休以後的事。我們大概半個月通話一次，往往我正在想到該和艾雯通話時，她的電話就到，真是心有靈犀。

在電話中，我們談得最多的是報紙副刊上的文章、一本書的內容、電視中的西片（她和我都是影迷，但也都早就不上電影院）、生活片段、文友近況等等，當然談得最多還是彼此的健康情形。我和她已有三、四年沒有見面，由於她的宿疾，她早已閉門不出，不參川任何活動，也不願意有人上門造訪。她每次都在電話中告訴我，她每天都半坐半躺的軟癱在沙發上，電視機整天開著，電話機和報紙都放在身旁，整天都不動，活脫是一袋沙發上的馬鈴薯（Couch Potato）。這種日子，她已過了三、四年，卻很少聽見她抱怨；想像得出她對她的宿疾已經逆來順受了。

我所知道的艾雯是一個對文學、繪畫以及一切美好的事物都熱愛得近乎執著的人。她80歲時出版了一本很美麗的書《花韻》，用她一貫美文的風格描寫各種不同的花卉。她告訴我，每一篇短短幾百字的小品都是經過考證的，從花卉的出處、習性等等都有考據，絕不含糊，這種精神與毅力真令人欽佩。

她對故鄉蘇州的眷戀，也可以看出艾雯執著的一面。她對有關蘇州的一切都愛戀得癡迷。她收藏了許多蘇州的畫冊、圖片、書籍；她愛聽崑曲；渴望有人用鄉音和她交談；一說到蘇州就眉飛色舞。前些年她曾在女兒朱恬恬陪同下回去過一次，一圓她的返鄉夢。回來後就津津樂道此行的愉快收獲。後來我曾建議她不如到蘇州買一幢房子，雇一個女傭，回故里優遊林下，安享天年，不是很理想嗎？她說她也有此想，可惜那時她的健康狀況已不容許她出遠門，只好死了這條心。

艾雯有一顆玲瓏剔透的心，她愛花花草草，也愛小動物。她告訴我她家陽台外有一個竹林，常有鳥雀來覓食，甚至有松鼠爬到欄杆上。她總是為這些不速之客準備一些米粒、麵包屑之類來招待，頗有「為鼠常留飯」的慈悲胸懷，也是她的生活情趣。

她也有一雙巧手，除了會素描花卉外，還會縫衣。年輕時，她獨立侍奉母親，照顧妹妹。妹妹所穿的洋裝，都是她親手縫製，而且她還會替自己做旗袍。這恐怕是一般婦女都望塵莫及的。

去年春天，她把她的新書《孤獨，凌駕於一切》寄給我。首先，孤高脫俗的書名令我一震；而封面設計的幽雅清新又與書名如此匹配，不禁令我大為傾倒，還沒來得及閱讀，便去電恭喜，大大稱讚一番。她對本書顯然也相當滿意，因為書中的稿子都是30多年前的舊作，如今整理出來，重新問世，自然另有一番喜悅。

當我陸續把這本書讀完，我彷彿看到另一個艾雯。尚在中年她是何等的灑脫、自在、悠遊、閒適；她獨自逛書店、看畫展、看花展、郊遊；因為孤獨，所以她看見的一切都更透徹；因為來自南部，台北的喧鬧與繁華處處讓她感到新奇。因此，我這個從未離開過台北、一直案牘勞形的人，對中年時的艾雯有了新的認識。

在本書的後記中，艾雯引用了清代詩人黃仲則的詩句「獨立市橋人不識」以自況；剛好下一句「一星如月看多時」正是我愛讀的詩句之一，這豈不是我和她的另一次心有靈犀？「一星如月看多時」這種癡迷我也常有，我相信所有喜愛文學藝術的人也都會有。如今，以美文著稱，對一切美好的事物，包括她美麗的故鄉蘇州在內，都熱愛得近乎癡迷的艾雯已離開了這紛擾的塵世，我知道她心中也會有一顆如月的星星，柔光永遠陪伴著她安息。

九十八年十月，《文訊》

莫愁前路無知己，天下誰人不識君

最近幾年，親朋故舊日漸凋零，往往一段時期未晤，就有噩耗傳來，生命之短暫、無常，已到了令人驚愕的地步。海音、秀亞、漱菡、太乙……相繼走了；上月我才寫過追悼白烈的文章，想不到這個月琦君也離開人世，能不傷懷？

去年末在「琦君研究中心」成立典禮上看到琦君，雖然坐在輪椅上，但精神還不錯。中午聚餐時，她特地請工作人員安排和我們幾個老友同桌。她坐在我旁邊，還故意模仿當年一些江浙口音的朋友，用短促的、像鞭炮爆開的聲音喊我「畢璞」，可見她記憶力之佳，也依然風趣。

當年，我們一些老友如張明、王琰如、林海音、張秀亞、琦君、姚宜瑛等常常聚會，其中有幾位鄉音較重，把「畢璞」說成「嗶噗」，海音就會毫不容情的糾正她們。以後，「嗶噗」兩字就成為大夥兒跟我開玩笑的「把柄」；琦君雖是浙江人，說起國語來倒是字正腔圓，她喊我的名字的時候，發音極為標準。

認識琦君四十多年，她為人熱情、和善、健談、誠懇、純真；但是她也有執著的一面，不喜歡的人絕對不會虛與委蛇、假以辭色，這也正是她的真。

琦君跟我有很多共同點，譬如我們都喜歡研讀英文；喜歡收集可愛的小玩意兒；喜歡素食；愛貓等等；所以我們見面時，總有談不完的話題。當然，我是個拙於言辭的人，大部分的時間都是聽她的，她口才好、記憶力好，說起話來頭頭是道，十分吸引人；我覺得聽她講話也是一種享受，這大概跟她在講台上傳道解惑多年有關吧？自從琦君移民美國後，我每次到紐約住兒子家時都會約她出來見個面聊聊天。我們最常去的是紐約世貿大樓地下樓的餐廳（唉！真是不堪回首），找一個安靜的角落，點些簡單的食物，我們天南地北無所不談，往往一晃眼就是一個下午，於是我們各自搭地鐵回家，約期再會。

民國七十八年的暑假，我退休後又到紐約，這次琦君邀我到她位於新澤西州的家住一夜。她把她的臥室讓給我；包水餃請我吃；她的先生李唐基還開車載我們出去玩；盤桓了一晝夜，才又開車送我回兒子家。琦君這個海外的家小巧而溫馨，給我印象甚深。回台之後，我寫了一篇〈琦君的慧心與巧手〉，描述她的家居生活，刊登在《中央副刊》上。

我們的「紐約約會」到了二〇〇〇年（民國八十九年）便戛然而止，因為我到紐約時她剛好因腿部開刀住院，在電話中她堅持不讓我去看她，恭敬不如從命，我只好寄了一張卡片祝福她。再一次，也就是九十三年夏，我又到紐約，正想和她聯絡，她卻已和先生落葉歸根，回台北定居了。

那年回台後，在文藝界重陽敬老的聚會上和她匆匆見了一面；後來曾多次想到淡水她夫婦安養的地方去拜訪，又怕打擾，只通過一次電話。然後，「琦君研究中心」成立典禮上，有幸得以和她比鄰而坐，共進午餐，那就是我和她的最後一面了。雖然報上常常有關於她的報導，我還是很想念她，很想去看她，可惜一直拖延著，沒有實行。現在想起來，真是後悔。

琦君的盛名滿天下，桃李滿天下，知交也滿天下，正是「莫愁前路無知己，天下誰人不識君」，琦君，你安心地走吧！海音、秀亞、琰如、鍾珮、張明……你的好友們都在天堂上等你，你不會寂寞的。你的聲音笑貌也永遠留在我的心頭，我好想再聽見你笑咪咪喊我一聲「嗶噗」。

九十五年七月，《文訊》

傷逝

父親在七十歲以後的來信常常提到「知交半零落」、「訪舊半為鬼」的傷感：「你郭伯伯在一個月前病逝了」、「你曾叔叔得了肺癌，不久以前過世了」、「還記得三叔婆嗎？她半年前走了」，諸如此類的「訃文」老是在他的信上出現，物傷其類，年紀一大把的父親當然怵目驚心，這正是人之常情。

彷彿這還是不久以前的事，轉瞬間自己也已到了風燭殘年，這種日落西山、時不我予的感受，甚至恐懼，當然比父親當年更加強烈；尤其是近年來至親好友相繼凋零，每次翻開照相簿，總會發現照片中又有人作古，死別已吞聲之痛，經常侵噬著我。

小時候我根本不知死亡為何物，也不懂得畏懼。記得我有一位姨丈，擅長詩書畫，是一位儒醫，我對他十分崇拜。在我小學畢業時他因肺病去世，棺木擺放在客廳，母親率領我們去祭拜，我為了表示對姨丈的尊敬，祭拜完還站在棺木旁邊，可能怕我傳染到病菌，還是母親悄悄叫我走開的。高中時，班上一位同學自詡會看相，她可能是妒忌我成績比她好，就說我將來活不到三十歲；當時我雖然有點害怕，卻也沒有放在心上，沒多久就忘了這回事。在孩童和青少年的眼裡，死亡是非常遙遠的。

從民國五十六年到六十年這四年之間，我連續失去了三個親人：我的父親、母親以及丈夫的堂妹，因為她比我還小一歲，使我覺得死亡很接近而開始感到恐懼。等到這灰暗的思想漸漸消去時，好友梅音病逝（只有六十一歲），關在鐵幕中我的二妹又被癌症奪去生命；我的驚恐與沮喪，實在難以形容。

二十九年前，我搬到現址，曾經邀請十位好友到家中小聚，到目前為止，其中的錦端師、張明大姊、海音、秀亞、琦君、靜文（妳走了，誰陪我去看畫展）六個人竟先後離世。生命的脆弱、無常，令我驚懼。

中年以後，更是噩耗頻仍：旅美的和英，住新竹的幼柏，住永和的蘇晨、漱函，文友慶生會的王杲、念瑚，還有我的丈夫都陸續去世；然後堂妹太乙，在台唯一的同學秀荔也走了。

今年，白烈病故，加上上面提到的六位，親友年年耗損，情何以堪？

近年去世的文友中，秀亞、海音和琦君都是大名鼎鼎，我有幸得和他們結識，當然全靠文字因緣。海音是我最早認識的，記得我寄了第一篇稿子給「聯副」後，沒有多久，當時擔任主編的海音便親自到我上班的地方來看我，一見面便親切如家人，一點也沒有大主編的架子，後來又介紹我認識了好幾位先進文友，也引介我參加「女記者英文班」（那時我也當上了副刊主編）。有一年英文班的學員要陪老師們到孔廟祭孔，海音怕我清早趕不及，還約我到她位於重慶南路的家過夜，兩人在鋪著榻榻米的臥室內抵足而眠，情同姊妹，第二天一早又一同趕往大龍峒。這已是四十多年前的往事，很多細節依然歷歷在目，但斯人卻已遠了。

秀亞看似嚴肅，其實在朋友聚會中她都是經常笑嘻嘻的。有一年在日月潭舉行「文學會談」，晚上我們這些女文友都聚在旅館一個房間內聊天。不記得誰說了一個略為黃色的笑話，大家聽了鬨堂大笑；我因為沒有進入狀況，表示聽不懂。於是大夥兒紛紛譏笑我：「到底是天真還是無知」，秀亞卻只淡淡地說了一句：「你真是七等生啊！」這張式幽默，又引得一陣轟然大笑。這位似乎有點道貌岸然的大教授，想不到也有輕鬆有趣的一面吧？

秀亞和琦君都曾擔任過我所主編的「婦友月刊」的編務委員，因此在每月一次的編務會議我們都有機會見面。琦君也是教授身分，但她為人一點也不嚴肅，反而經常流露出童真，甚至有點小兒女態。她交朋友會挑剔，也喜歡找那些和她一樣純真、不世故、不裝模作樣的人為伴。她常常和我以及五六位年齡比她小五歲到一輪的朋友餐敘聊天，但大多數時間都是我們聽她說話。這位大姊，聲音細柔，妙語如珠；我們都覺得聽她說話是一種享受，而這種聚會也特別愉快，可惜，好景不常，不久她就移民美國，等到兩年前回國，已垂垂老矣，我們哪敢再打擾她呢？看到她滿頭銀髮坐在輪椅上的衰老樣子，想起她曾經用她巧手剪成的四面立體春字，還有用毛線鉤成的小包包等等，幾乎每個朋友都得到過這些充滿友情的饋贈，除了心酸還是心酸。

罷！罷！生老病死本來就是人生必經的階段，又何必太「山東饅頭」（註）？不過，人到底是感情的動物，對親人好友的永訣，又怎能效太上的忘情？只要把他們的音容永遠留在心坎，時常懷念他們，即使幽明異路，心靈還是會相通的。

九十五年，《中華副刊》

*註：Sentimental之音譯（是多年前學者開玩笑式的音譯），原意為多愁善感或傷感。

母女仨

十七歲，正是做夢的年紀，而當年的我卻渾渾噩噩，無夢也無歌，只知埋首書堆，是個不折不扣的書呆子。我在學校功課特優，經常是班上第一、二名。又因作文成績頂

畢璞（左）與母親（右）及二妹（中）。一九三九年攝於香港淺水灣酒店

尖，同學們就封給我「大文豪」的綽號。課外我沉迷於中外小說與文藝作品，喜愛音樂、美術；但卻手無縛雞之力，上體育課打排球時，永遠無法過網。

那一年的夏天，中國對日抗戰正如火如荼的進行著，半壁江山，烽煙處處，難民流離失所。而一水之隔的香港卻像世外桃源般偏安一隅，歌舞昇平，生活奢靡。我們一家在兩年前從廣州逃難到香港，喘息已定，父親事業順逐，春風得意。那天，應好友之邀，帶著全家大小到淺水灣遊玩，替母親和兩個大的女兒在淺水灣酒店的露台上拍下了這張照片。母親那時未到四十，服飾趨時，丰姿綽約。二妹比我小三歲，上完初一，還是個小孩子。跟他們一比，我這個傻乎乎的書呆子，竟顯得有點高頭大馬。這是我們母女三人唯一的合照。三十一年後，母親於七十歲時不幸病逝香港。二妹因所適非人，也於一九八五年以六十之年在重慶病故。

香港當年的偏安局面沒有維持多久，兩年半之後也淪陷於日軍之手，我們一家再度踏上逃亡之路。這張照片跟著我們去過大陸無數城市，又跟我來到台灣。六十多年來，它不但歷經滄桑，還成為我少年時光的一個好見證。

九十三年，《文訊》

西方幽默感，中國文人心

——我所知道的五叔林語堂先生

在我家客廳的牆壁上，掛著一幅字跡秀逸的行書條幅，上面寫著：

著意尋春懶便回，何如信步兩三杯？山纔好處行還倦，詩未成時雨已催。

翊重素珊同存念

戊申冬日　愚叔語堂

下面還蓋了一個「有不為齋」的硃砂印。

語堂先生是外子翊重的五叔、先翁憾廬先生的五弟，他這幅遺墨是他來台後的第四年（民國五十七年）寫了送給我們的。屈指算來，竟已歷二十六個寒暑。我非常喜歡五叔所抄錄的這首辛棄疾的詞，詞中所表現的灑脫、隨興、隨緣的性格，簡直就像是五叔的夫子自道，他當然也是因為喜歡這首詞才會寫給我們的。二十幾年來，我每當抬頭看到這幅字時，五叔手握煙斗微笑著那副樂天知命的容顏就會鮮活地出現眼前。

我對五叔的認識不算深，同住在台北這個城市中也只不過十年之久；但是，他卻是一個我從小就十分仰慕的人。我從高小及初中時代開始，就是個不折不扣的書呆子，瘋狂地大量閱讀各種書刊，囫圇吞棗，也不知道看得懂看不懂。那個時候，《論語》、《人間世》、《宇宙風》等著名的雜誌都是我涉獵的對象。而五叔的三位女兒合著的《吾家》又使我對他們這個幸福的家庭羨慕不已。後來，五叔的那本《京華煙雲》更是讓我迷到昏天黑地，似乎非看到最後一頁，絕對不肯罷手。世界上真會有像姚木蘭那樣可愛的女子嗎？五叔以他的生花妙筆塑造出如此一個慧黠、溫婉而又有著似水柔情的美女，雖然我和她屬於同一性別，也不禁為她傾倒。

五叔是在民國五十四年他七十歲時回國定居的，他認為人到老年應該落葉歸根，所以他在「七十自壽」的那首「滿江紅」詞中有一句：「是還鄉的年紀應還鄉呀！」那是我第二次和他老人家見面；第一次是民國四十七年他和五嬸首度到台北來，這裡的親人聯合起來為他接風。一個從小仰慕的人，在多年之後忽然出現在面前，而且還變成了自己的長輩，那種震撼真是相當強烈，一向木訥的我在那種場合中簡直是手足無措，窘態百出。

還好，這種情形在五叔五嬸回來定居在陽明山仰德大道旁一幢西班牙式建築中，見面機會漸多之後就不再存在。彼此熟悉以後，我就了解到五叔雖然是「望之儼然」，其實是「即之也溫」的。在親人聚會時，五叔的話不多，他總是口咬煙斗，笑咪咪地看著大家，不時點點頭，表示認可。而五嬸則往往得體地扮演著長輩的角色，對我們這些晚輩的生活情形一一垂詢，不厭其煩，讓我們深深感受到親情的溫暖。我的祖父母在我出生前就去世，我離家時父母又尚在中年，所以我從來沒有跟老年人相處過。自從五叔五嬸來台，我才有機會與長者親近，不覺孺慕之情頓生。可惜我既是個笨嘴笨舌、笨手笨腳的人，又是廚房中的拙婦；不但不會用言語去討得老人家的歡心，也不會做些家鄉食品給老人家品嘗。不知道在二老的心目中，我是否一個不懂事的晚輩。不過，我想大概不至如此。他們兩位都是有著赤子之心的老人，尤其是五叔，他一直都活在他心靈中一個清靜無為的國度裡，怎會為這些世俗的瑣事縈懷？

在他們住在陽明山上的前後十年中，台北的親戚們常常有機會在五叔家中聚會。過年、聖誕節、五叔嬸的生日和結婚紀念日等，我們這些晚輩全都帶著孩子到他們家中祝賀，三代人加起來總有二、三十人，熱鬧非凡。於是，五叔開心地講他的家鄉話閩南語；五嬸則拼命地勸大家進食。五叔似乎很以他的家族自豪，要是有人提到自己的孩子在學業上有什麼出色的表現，五叔就會很得意地對五嬸說：「我們姓林的一家都是很聰明的啊！」五嬸也不甘示弱還他一句：「對！對！可是我們廖家的人也不錯呀！」說著，還向在座的她的侄女眨眨眼。兩老的風趣，往往引得鬨堂大笑。

兩老又很愛孩子，因為他們的外孫不在身邊，享受不到弄孫之樂，就移情到住在他們家裡的司機的小女兒身上。他們疼愛那個小女孩有如自己的孫女，也讓她稱他們為「阿公」、「阿嬤」。的確，人到晚年，家裡有個活潑可愛的小孩到處走動，洋溢著童稚的笑聲，是可以增加不少歡樂的。

五叔不但愛小孩，他也愛家、愛鄉、愛國。他和五嬸伉儷情深，逾五十餘年而始終如一；同時又是三個女兒心目中的好爸爸，這就是他愛家的表現。在他的作品中時時不忘提到他的故鄉漳州的坂仔；他對他的家鄉話閩南語情有獨鍾，也特別愛吃家鄉的食物，愛鄉之情，不言可喻。他居住美國多年，可是他絕對不忘中國文化，把三個女兒都調教得中文英文一樣好，而且都說得一口標準的國語和閩南語。後來，他又選擇台灣作為安享晚年的地方，這不是愛國是什麼？

一個住在海外數十年，精通數國語文而又用英文著述了幾十本作品的人，在一般人的心目中，大概是開口閉口離不了洋文的吧？可是五叔絕對不是這種人，在親友的聚會中，他最愛使用的是家鄉話，要是座中有人不懂閩南語，他就用國語，他極少在言語中夾雜英語，他不是故意深藏不露，其實他是瞧不起那些略識ＡＢＣ就隨時賣弄的膚淺之輩。從小就讀他所編的開明英文讀本，一旦面對大師，我也曾向他請教如何學好英文這類的問題。五叔除了仍像在文章中教人從好萊塢電影中以電影明星為師學習英語外，他強調牛津英漢字典是最好的字典。現在，我的案頭擺放著一本大型的「牛津當代大辭典」，就是聽了五叔的話以後去買的。

「認識」了五叔以後，因為見面的機會不算多，而五叔又不是很愛講話的人，我總覺得對他的認知不夠，所以我試圖從他的作品中去了解這位名滿海內外、著作等身、「兩腳踏東西文化，一心評宇宙文章」的幽默大師的內心。我很高興，我發現這位學貫中西的文學博士跟我這個沒有什麼學問的人，居然有不少共同的看法。我不敢因此而引為知己，更不敢大言不慚地說「英雄之見略同」，不過卻有著吾道不孤的喜悅。大概我輩文人多少總會有點率性，也多少會有著些許狂狷吧？

凡是讀過五叔作品的人，一定知道他最欣賞的古人是蘇東坡，他在他所著的《蘇東坡傳》序文中說：「蘇東坡是一個不可救藥的樂天派、一個偉大的人道主義者、一個老百姓的朋友、一個大文豪、大書法家、創新的畫家、造酒試驗家、……一個月夜徘徊者、一個詩人……具有多面性天才的豐富感、變化感和幽默感，智能優異，心靈卻像天真的小孩。……」樂天派、人道主義、月夜徘徊、幽默、天真，這不都是五叔性格中的特質嗎？因為蘇東坡在性格上和五叔有很多相似之處，雖然兩人「蕭條異代不同時」，但是心靈是契合一致的。而我，既心儀東坡居士絕妙的詩文與多才多藝，又十分傾慕他灑脫不羈的個性以及種種風趣的行徑。這樣說來，五叔和我豈非有志一同？

在他的代表作《生活的藝術》一書中他談到悠閒：「……他需有豐富的心靈，有簡樸生活的愛好，對生財之道不大在心，這樣的人，才有資格享受悠閑的生活。……」真是深獲我心。在繁忙的、金錢掛帥的今日社會，不知道有幾個人做得到？

在《美國人的智慧》一書中，五叔說：「在收到很多郵件、到電影院、和朋友相聚這三個時刻是大部分人最快樂的時候。」不錯，這也是我最快樂的時候，五叔為什麼在多年前就把我心中的話說了出來？

喜愛悠閒，喜愛大自然；不愛拘束，不喜雞尾酒會；五叔這種個性，又與我不謀而合。我並非想往臉上貼金，自抬身價；其實，凡此種種，是大多數文人的習性而已。從事筆墨生涯數十年的我，自然也不例外。

與眾多親友一起和五叔五嬸歡聚一堂、言笑晏晏的往事恍忽如昨，一晃間，五叔竟已離開我們十八年之久。我相信，這些年來他一定是在天國上和五嬸快活、無拘、逍遙自在地牽手而行，過著他想過的生活。在五叔百年誕辰的前夕，對這樣一位可敬可親的長輩，在我有限的認知下，我謹以——

西方幽默感，中國文人心

這十個字來表達我對五叔的敬意。雖然五叔說過中國人是很有幽默感的民族，但是「幽默」一辭是五叔從英文音譯過來的，所以這個名詞應屬於西方。至於「中國文人心」，對在精神和思想上都完全承傳了蘇東坡、袁子才、張潮、金聖嘆等等古代文人的五叔而言，就無須再加任何詮釋了。

（八十四年林語堂百年紀念文集）

父恩難忘

那天，我一如往常的下班回家，洗手下廚，做好了一家六口的晚飯，吃完以後，孩子們回房去做功課，我自己也在臥室裡整理衣物。丈夫走進來，不聲不響地把一張摺疊起來的薄薄的紙交給我。我問他是甚麼，他沒有回答

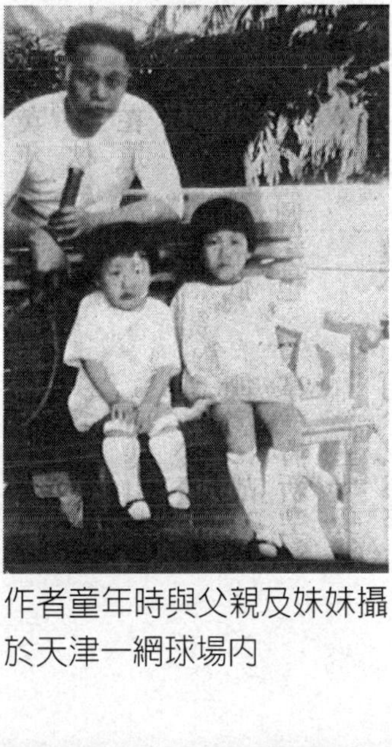

作者童年時與父親及妹妹攝於天津一網球場內

就走開。我打開一看，是一份電報，上面只有簡單的五個字「父逝弟國璋」。甚麼？父親過世了？事前一點消息都沒有，真叫人不能相信。但是，這又明明是弟弟從香港拍來的，又怎麼假得了？一霎時，我只感到像巨雷轟頂一樣，又驚惶又害怕，只能用五中如焚來形容我當時的心情。我手中拿著那張電報，坐在床沿默默流淚。這時丈夫又走進來告訴我，這份電報是他收的，他怕影響我的心情，所以等到飯後才交給我。

「假如你想哭，就哭個痛快吧！反正，你父親年紀大了，這一天遲早會來，你人在台北，對他們一點忙也幫不上。」他說完這幾句話又走開了，因為他知道多說話也並不能減少我的憂傷。

那是整整二十年前的事。父親是在民國五十六年七月四日在香港過世的，距今剛好是二十年。那時，家裡還沒有裝電話，香港也不是說去就可以去。接到了噩耗之後，我在痛苦中煎熬了幾天才接到香港的家信，母親、弟弟和妹妹都分別寫信告訴我父親逝世的經過，原來他是因為胃出血不治的。父親身體一向強壯，那幾年開始患了老人癡呆症（出門不記得路回家，寫信給我連自己的地址都寫錯了），人也漸漸消瘦，我還不知道他有胃病，想不到一發病就奪去了他的生命。那年父親是七十八歲整，以二十年前的平均壽命看來，親友們都認為父親已享高壽；但是我們做子女的，當然願意他多享幾年天年，好讓我們多承歡膝下啊！

母親比父親少十一歲，父親去世的三年前我回去省親時，她不過六十四歲，雖然很瘦，卻是毫無老態。這次，她在信中附了一朵白色和一朵藍色的絨線花給我，告訴我先戴白花，等過了七七再戴藍花。我含淚讀著母親的信，想到自從三十八年離開家鄉，跟他們分離了十五年，好不容易在三年前到香港跟年邁的雙親見了一面，誰知父親這麼快就離開人世，我已永遠無法見到他，心中有如刀割，恨不得立刻飛到母親身邊，哭倒在她懷裡。更不幸的是，母親在父親大去的三年後也因胃癌病逝。我那次的回家，跟父母親見的都是最後一面。更悲哀的是：這十多年來，無論台灣或香港，一般人的生活水準都提高了，台港之間飛來飛去是常事，我每隔幾年也一定去看看弟妹們，哪像從前想去一趟都不容易？可惜，父母親卻已不在人世。

在我們童年那個時代，父親真是一位既民主而又開明的好父親。他常常沒大沒小地跟我們小孩子玩，跟我們一起笑鬧，帶我們去看電影、看馬戲、上茶樓。父親也愛吃。母親不善烹飪，父親也不大懂得庖廚之事。但是，我記得他偶然得暇，就會做些冰糖炖雞蛋作點心，用洋蔥炒牛肉來夾麵包，還教我們用牛油加鹽拌飯吃。他又很愛吃產婦坐月子吃的豬腳燉薑醋。母親每次生產，傭人做了，他固然陪著吃；家裡沒有人坐月子，他也會到一家專門賣這一味食物的小館子去吃，而且一定帶著我，因為我是他的同好。

在我們姊妹兄弟七個人中，可能因為我是長女，父親對我的疼愛和眷顧似乎比其他的弟妹們多。我記得：在我幼小的時候，父親去訪友、赴宴、打網球等等，總是帶著我。上了小學，他買大批的兒童讀物給我看；到了高小，他開始教我讀唐詩、詩韻和對對子，奠定了我喜愛文學的基礎。日後我之所以走上寫作之途，父親可說是我最早的啟蒙人。我的學業成績一向不錯，作文和畫圖更是比較出色的兩項。得到父親教詩的薰陶，十二、三歲時就開始寫起拙劣而幼稚的舊詩來，父親還把這個寶貝女兒當「才女」哩！於是，每逢家裡有客人來，我的作文、圖畫，還有那本自己裝訂的「詩集」，父親都拿出來向客人獻寶、炫耀，而使我往往因為難為情而躲了起來。

也許是命運不濟吧？以父親早期留美學生的身份，應該早已飛黃騰達，像他的同學們一樣，非富即貴的。可惜，父親除了早年擔任過英文秘書、科長、教授等工作外，到了抗戰以後，由於逃難的關係，從此就沒有從事過穩定的工作。加以家累沉重、年齡漸長，簡直是每下愈況。大陸陷匪後，父親挈家逃往香港，我隨夫來到台灣，從此兩地分離。晚年時，父親的來信語多悲觀，他認為自己一生碌碌無成，是因為勤換工作之故。「滾動之石不生苔」是他常引用的英諺。啊！父親，您為甚麼不怨恨日本軍閥？是他們製造戰爭，害您不得不拖家帶眷地長年到處逃難，才破壞了我們原有平靜幸福的歲月的。遇有父執輩逝世，父親又很傷感的寫信給我說：人生七十古來稀，老友日漸凋零，自己也是風中之燭，來日無多了。讀之令人酸鼻。

果然，我去香港省親時，七十五歲的父親已又瘦又憔悴，變得沉默寡言，早已失去當年的風趣。父親的健康情形不算差，三年後的辭世，我相信心理的因素重於生理的因素。父親的晚年太寂寞，太抑鬱寡歡了；而寂寞和失意卻是一個老人的致命傷。

一晃眼，二十年歲月就像握在掌中的細沙般在指縫間流逝了。父親，您孤寂地躺在香港薄扶林墳場中，和母親在柴灣的墓遙遙相隔，在天上，您們可是團聚在一起？還有，二妹也在前年到天國來找您們了，我們一家九口，在人間就只剩下六個人。不管世途如何艱辛，生命依然美好，我們會好好活下去的，直到我們也要到天國去的那一天。

七十六年七月，《婦友月刊》

父親的最後一面

四川輪緩緩駛入鯉魚門，我擠在許多乘客當中，站在輪船的左舷，靠在欄干上，在耀目的南方暖陽下，瞇著眼睛眺望著漸漸接近的香港，一股近鄉情怯之感油然而生。香港不是我的故鄉，但卻是我少女時代居留了五年的地方，我的家人現在又居住在這裡，而我已經有十五年沒有見到他們，因此，我對這個海島也有著一份依戀之情。

輪船已駛進了香港的海面，現在正傍著岸邊前進。柴灣、筲箕灣過去了，我看到了北角一棟聳立的樓房。我的家人就住在北角，哪一棟高樓才是我的娘家呢？我伸長脖子望著，明知在一個半鐘頭之後就可以看見他們；然而卻是有點迫不及待的，尤其是一想到年邁的雙親，更是恨不得立刻飛到他們身邊。

好不容易等到輪船靠了岸，驗了關；我吃力地提著一大一小兩件行李跟著其他旅客步下跳板，走上碼頭，一雙眼睛還得忙著搜索來接我的家人。然後，我終於看到了閘外的父親，父親也剛好在這個時刻看到了我。

我挽著行李蹣跚地走出閘外，走到父親面前，一別十五年，真是有著隔世之感。若不是由於禮俗，我真想緊緊抱著父親，痛哭一場。父親老了很多，也瘦了很多。七十五歲的他，雖然還不至老態龍鍾，不過已經十分憔悴，這使我心疼得不得了。更令我難過的是父親現在變得非常沉默寡言，多年不見，他除了簡單的告訴我：

「你母親在家裡等你，你的弟弟妹妹們上班的上班，上學的上學，沒有辦法來接你。現在我們回去吧！」

我們僱了一部計程車回到北角那棟我從來不曾到過的家裡。在進屋以前，父親又說了一句：

「屋子太小，你看見了一定很失望的。」

我走進屋裡，比父親年輕十一歲的母親從房間走出來，母女兩人立刻熱烈擁抱起來。母親也很瘦，不過還沒有出現老態。又回到父母身邊，我雖然已經做了四個孩子的媽媽，此刻也覺得自己十分年輕，也十分開心。那是我二十三年前第一次從台灣到香港省親的往事。那時，飛機不像現在那麼普遍，坐一趟船，得花兩天一夜的時間哩。

那間屋子的確很小。幾年之後，我的弟弟妹妹在高級的半山區買了新房子，可惜父母親都已作古，無福消受。在那之前，由於所服務的報社長年欠薪，我的經濟情形也不佳，一直沒有辦法給家裡寄點錢以表示孝思；後來，我有了能力，而雙親已不在人世。「樹欲靜而風不息，子欲養而親不存」，真是人間最大的憾事。

在我的記憶中，父親一向是個風趣而健談的人。他早年留學美國，卻沒有沾上任何洋氣，只除了育嬰的觀念以外。我聽母親說，我是個七個月就早產的早產兒，先天本來就不足，所以身體十分瘦弱。偏偏父親那時從美國回來沒有幾年，認定只有牛奶才有營養，絕對不准母親餵給我稀飯或米湯之類，缺乏碳水化合物的結果，我到一歲還不會站立，整個人都軟軟的。至於後來我是怎樣反弱為強，我就不知道了。

我說父親沒有沾染洋氣，是因為他有許多嗜好，都是非常中國的。他喜歡讀詩詞，買古董、字畫、線裝書，聽平劇，逛花市，完全是一副舊式讀書人的本色。我小時候，父親教我讀唐詩、對對子、背詩韻；我相信，我後來之所以愛上文學，恐怕是父親給我的影響。

父親在我們姊弟面前，不像別的父親那樣板起面孔、高高在上；反之，他常常跟我們下棋、說故事、開玩笑、打成一片；而他在朋友之間，也是經常言笑晏晏，人緣極佳。所以，他給我的印象是風趣而健談的。想不到，那次回港，卻彷彿變了一個人，他是那麼沉默，那麼落寞，甚至不參加我們兄弟姊妹跟母親的圍坐話舊，共敘天倫。固然，父親的晚景並不得意；可是，什麼事情使得他那麼悲觀消極呢？我問父親為什麼不參加我們的聊天，他居然回答：「我沒有什麼好說呀！」母親偷偷告訴我：父親的健康已經不行，人也開始變得懵懂，有一次出門，竟然不認得回家的路，還是別人送他回來的。

唉！人老了真的就會有這麼多麻煩嗎？怪不得有一次父親寫信給我，發信人的地址竟和收信人的一樣。當時我還笑父親胡塗，原來那卻是下意識的。

我那次回港，父親曾經主動陪我到我們在抗戰時居住了五年的那棟小樓去憑弔往事。經過了二十幾年，那棟灰色的小樓還依然屹立，只是那灰色更黯淡了。於是，一種恍如隔世之感又兜上了心頭。巷口的一家麵包店也依然還在，我想起了當年我在嶺南大學上夜課（因為嶺大借用港大校舍，只好利用夜間上課），父親每晚在巷口的電車站等我回家，而且還一定先在那家麵包店買好了我愛吃的點心給我的往事。我問父親還記得這件往事嗎？父親只是淡淡一笑，搖搖頭說不記得了。啊！此恩此德，叫我怎能忘？後來自己做了母親，那才知道：父母愛護兒女，是出乎天性，他們絕對不會放在心上，也從來不希望兒女去回報的。他們是「施恩勿念」，要是做子女的也能夠「受恩勿忘」，世間就不會有忤逆的兒孫了。

雖然從來沒有飛黃騰達過。不過，父親的一生是極為多彩多姿的。他留美時讀的是商科，中英文的文筆俱佳，又寫得一手好字；就我所知，他一生中從事過的都是教授、英文秘書、科長、稽核這一類的工作；他到過瀋陽、北平、天津、上海、漢口、廣州灣、桂林等地；他服務過的機構有大學、銀行、鐵路局、建設局、貿易公司等等，人生閱歷可說豐富已極。可能就是因為經常變換工作，所以他沒能爬得很高；又因為兒女眾多，家累太重（還有幾位親人靠父親生活），手頭始終無法寬裕。我記得父親在給我的信中說過：「滾動之石不生苔。」所以他一生就是積聚不到錢財。言下之意，非常後悔。我也不知道父親為何要常常變換工作，他那個時代的留學生，大都做了政府要員，假使父親不是經常更換工作的話，我相信也是一樣的。

當然，戰爭也使得父親的事業受到影響。抗戰期間，一次又一次的逃難，又叫他怎能不變成「滾動之石」？勝利後，父親年紀大了，當年大家對他爭相延聘的情形已不再出現。大陸淪陷，他再度舉家從廣州逃到香港，到了那個時候，找到一份能夠養家的工作就已經不錯了。等到我那次回到香港，父親已經沒有正式工作，只是去替一個商人補習英文，一週去幾次，大部分的時間都閑著。而他的老朋友們又作古的作古，出國的出國，都已風流雲散。一個人到了暮年，怕的就是精神沒有寄託（他當年的種種嗜好，如今已沒有興趣），也就難怪父親的由鬱鬱寡歡而導致身體日趨衰弱了。這真是老年人的悲哀啊！

那次，我在家裡逗留了十天，也重享了做子女的歡樂。分手的時候，我看見父親外衣的肩上沾著一些頭皮屑，就輕輕地替他拍去，然後握著他的手說：「爹，請多保重，我會再回來的。」

「不，這恐怕是我們最後一次見面了。」父親黯然地說。

他這句不詳的話，使得我一直哭泣到上了船為止。

其實，父親那時除了精神有點恍惚，身體倒是還很健朗的。他為什麼會說出這種消極的話？難道老年人會預知自己的壽限？

果然，不幸的一語成讖，那次分手，果成永訣。三年之後，我突然接到弟弟從香港拍來的電報。電報中「父逝」兩個字像晴天霹靂般的把我嚇呆了。接著，又收到妹妹的來信，知道父親死於胃出血，病來得快，去的也快，沒有任何遺言，也沒有什麼痛苦。啊！父親，我不相信您沒有遺言，我知道您一定有許多話要說。您不是一直耽罣著淪陷在大陸的二妹嗎？您為什麼走得那樣匆促？您還有兩個女兒不在身邊呀！

父親去世時享年七十八歲，去弔唁的親友都以父親已享高壽來安慰弟妹。然而，在做子女的人的心目中，我們多麼想他老人家多活幾年。尤其是今日醫藥發達，八九十歲的人還健康得很的多的是。雙親假使還健在，父親今年將是九十八高齡，母親則是八十七，還不算太老哩！

說來真是不孝，父親過世時我因為來不及辦理出境手續，來不及回家奔喪。再三年之後，母親又因為胃癌去世，我也為了同樣理由，沒有回去親視含殮。內心的那份不安與歉疚，真是難以形容。

又過了兩年，我這才有機會再去。弟妹們迢迢路遠的陪我到西營的基督教墳場去拜祭父親的墓。姊妹六人獻了花，然後鞠躬致哀。但是，這樣做又有什麼用？已安息了五年的父親會知道嗎？

最悲哀的是，由於母親不是基督徒，無法安葬在基督教墓地，只能葬在柴灣的公墓裡。那天，我們姊弟謁過了父親的墓，又到柴灣上母親的墳，兩位老人家的墓，恰好在港島的東西兩端遙遙相對。我們做子孫的，兩處奔波倒沒有什麼關係，但是兩位老人家死不能同穴，而且相隔那麼遠，他們在天上一定很寂寞。

如今，我自己已為人祖母，兒輩亦已長大成人。他們在國外忙於工作，有時也會一兩個月不寫信回家，這時，我便會覺得他們很不孝，真是白白把他們養大。但是，當我想到自己除了在戰時曾經為了家庭而中斷了學業外出工作，每個月都把薪水袋原封不動的交給母親外；勝利後結了婚，從不曾分擔過父親的家計，雙親是否又會怪我不孝呢？我想他們不會的，養育子女，誰又是一心一意期望他們回報呢？不過，無論如何，我總是覺得我這一輩子對父親的虧欠太多了。

七十六年，《婦友月刊》

憶二妹

去年九月十日，是我歐遊的第三天，那天中午，我們在西德科隆大教堂對面一家廣東人開的飯館吃了一頓很匆忙的午飯，然後又匆匆的進入大教堂裡面隨便參觀了一下，領隊就宣布有三十分鐘時間給大家到教堂外面廣場四周的商店去買剪刀，一點正再回到廣場角落那棵大樹下集合。

聽說科隆的不銹鋼製品很有名，可是我家的大大小小剪刀、小刀之類已夠多，多到每一個房間都各有一把以上的程度，我還買它做甚麼呢？隨團旅行就是這點討厭，時間已經夠緊湊，買東西這個節目卻絕不放棄。既然大家都去買剪刀，我雖對此沒有興趣，也就只好跟在大夥兒後面去湊熱鬧。當大家跟著領隊走到他介紹的那家五金店裡時，只見小小的店鋪內已擠滿了其他的觀光客，簡直連轉身的餘地都沒有。生平最怕擠的我，毫不猶豫的就往回走，離開那些瘋狂搶購的人群。

我孤獨地在廣場上閑逛著，大教堂高聳入雲的兩座尖塔俯視著渺小的我。五分鐘後我開始覺得有點無聊，就跑到教堂側面那些賣紀念品的小店去，想買一套風景明信片。但是我手邊沒有馬克，那個老德硬是不肯收美金，而且態度傲慢。我買不成功，就快快回到廣場，索性坐在領隊指定的那棵大樹下，等候同行的人回來。這時是午後一時前後，在科隆，正值秋高氣爽、陽光普照，出外旅行，原該心情很愉快才對。然而，我卻是感到陣陣的寂寥、落寞、孤單與鬱悶；這種心情，在這一刻之前以及往後在旅途中的十四天都不曾發生過。那麼，為甚麼會有這樣的情緒呢？原來，在同一個日子，隔著千山萬水的中國巴蜀，有一個和我出自同一母體的生命消失了；雖然彼此之間已有三十多年沒有見過面，然而我們的心電還是相通的啊！

在我赴歐之前，曾經連接香港三妹的兩信，說二妹妳患了重病，雙腿腫脹，已經無法走路，最後，醫生已診斷是癌症。這個不幸的消息，大大的擾亂我寧靜的心境。善體人意的么妹還特地寫了一信給我，要我不要因此而破壞了旅遊的興致，按照計劃好好去玩。「吉人自有天相，二姊不會有事的！」

么妹在信中這樣安慰我，當然也是為了安慰她自己以及所有的兄妹。

然而，聽到了這個晴天霹靂，我的心情怎會不受影響？二妹，上天待你何薄！這些年來你所受的苦難難道還不夠？為甚麼還要受絕症折磨？你被關在鐵幕中，關山阻隔，欲見無由，如今，我唯一能做的，就是在醫藥費方面給你支援，我準備了一筆錢，要匯到香港去，請三妹他們轉給你；但是，申請外滙是要花時間的，出國前夕，我實在抽不出多餘的時間，也沒有人可以代勞。「只好等到回來再滙了。」在不得已當中，我作了這個不得已的決定。

這個不得已的決定使我遺憾終身，我歐遊回來，馬上就收到三妹的信，你永遠不會收到我這個做大姊的人的心意了，原來你已被病魔打倒，在九月十日那天離開了人間。九月十日，也正是我獨個兒在科隆大教堂前的廣場上感到悶悶不樂的那一天啊！我覺得那真是一種奇異的感召。

你的大去，在你個人而言，應該是一種解脫；可是，對你的家人，卻留下無盡的哀思與悲痛。你有愛你的丈夫和子女，還有遠在海外的姊妹兄弟六人，也無時不以你為念。我們還相約過等你健康情形良好一點（你的身體一直都不好），要在香港來一次大團圓的，如今，這個願望永遠無法兌現了。

二妹，你記得嗎？小時候我們是七個孩子中最接近的兩個。我們同住一間臥室，穿同一款式樣的童裝和鞋子，也一起上幼稚園。我們相差三歲，我上高中時，你上初中，我們的學業成績都很好，每次月考及期考後，在優異生榜上，我們一定雙雙列名。你的字寫得很娟秀，後來在逃難的路上，有一位父執輩要我們姊妹倆每天為他抄寫一段「心經」，而我們也真的每天虔誠地磨墨執筆，以木板為桌，一筆一畫地用正楷來抄寫。只可惜，一本薄薄的「心經」還沒有抄完，日軍的炮火又把我們驅上流亡之路。

復員以後，你由於有一份待遇優厚的工作，曾經有過一段令人羨慕的悠遊歲月。你本來就是我們姊妹中長得最出色的一個。這時正值青春，又懂得打扮，真是說有多標緻就多標緻。做夢也想不到，前幾年你輾轉寄來的近照，卻是又蒼老又憔悴，瘦削的臉、直髮、布大掛，完全是一副村婦的模樣，看了令人心酸又心疼！相反地，你羨慕照片中的我年輕又時髦。的確，從外表看來，我的打扮比你年輕了二三十年，事實上，自由世界中的婦女人人如此；而你們，卻在過著五十年前的生活。愛美也曾經很愛享受的你，內心一定十分痛苦吧！

上天賦予你以美貌和聰穎，卻沒有賜給你幸福。大陸陷匪以後，你來不及逃出，就此關在鐵幕中三十多年。聽三妹說，你多年來沒有機會說家鄉話，已經不會說粵語了。這也就是說，假使母親尚在人世，你已沒有辦法和她直接以言語溝通了，這也是這個離亂時代中的一個可悲的現象吧！

大陸淪陷後有十幾年，你跟香港的家人完全失去了聯絡，我去香港省親時，父親曾經沉痛地對我說：「阿瓊一定是死了，否則怎會這麼多年沒有寫信回家呢？」

可憐的父親，他養育了七個兒女，雖然有五個在身邊、一個在台灣；但是，只要其中有一個下落不明，他就忍不住往往最壞處想，作最壞的打算。他是以白髮人哭黑髮人的心情來懷念這個失蹤的女兒的，天下父母心本來就是這個樣子。

你失蹤多年的謎，直到去年，才由一位故鄉來客告訴三妹，原來你曾經慘遭下放，吃盡苦頭。那麼，你這些年來的多病，應該是那個時候種下的因了。我不喜歡用「紅顏薄命」這句話來解釋你這大半生的多災多難；可是，為甚麼？為甚麼？我們一家人之中就只有你一個人在鐵幕中受苦呢？

比起這三十多年來的生離死別，我們在少小時的二十年相聚，實在是微不足道。當我看到了你那張形銷骨立的近照，想起你少女時的豐容，孩提時那張日本娃娃式的圓臉，就覺心如刀割。人生是多麼無常，肉體是多麼脆弱，一次災禍、一場大病，就可以把紅顏變成骷髏，寧不可悲？

這些年來，我們之間的音訊全靠三妹連繫。也真虧了她不怕麻煩地每次在信中詳盡地描述，使得遠在天涯海角的你我，對彼此的情形都有了相當程度的了解。我知道你生活雖苦，卻擁有幸福的家庭，不幸的是多年來病魔纏身。你大去之後，三妹把你生前所寫的一些舊詩抄給我，大部分都是傷懷之作，一字一淚，讀之令人酸鼻。難得的是，你雖然身在憂患中，仍然不忘年少時對文學的喜愛，以吟哦來排遣愁思，真可說是姊妹同心了。

去年你辭世以後，三妹就來信要求我寫一篇追悼你的文章，當時，我心亂如麻，怎樣都無法整理出一條思路，不知從何著手。我回信給三妹，等一週年忌辰再寫吧！光陰如逝水，轉眼一年之期又到。當然，在這一年之內，我無時無刻不在想著你，奇怪的是，多年來不曾在夢中見到你，就在不斷的懷念中，你竟然入夢來了。

今年清明節的凌晨，我夢到了父親、母親、你、三妹和大弟。雙親還是生前的模樣，大弟的臉則看不清楚。這個夢的後部是你、我和三妹三個人併坐在岸邊一塊大石頭上看著河上的風景，我坐在當中，你在左、三妹在右，但是你們兩人的臉也看不清。夢中的我，感慨地說了一句：「我們姊妹三人又在一起了。」就這樣，就醒了過來，而夢境卻清晰在目。二妹，那真是你的靈魂來和我相會嗎？

你長眠地下已是一年，你在天之靈是否跟雙親團聚在一起呢？我們何其不幸而生在這個亂世，父母去世你我都無法送終；而你，更是苟全性命在一個跟我完全不同的世界裡，生離竟等於死別。

這一年來，我每一想到當我自己正在歐陸逍遙地旅遊，而你卻在嘉陵江畔一間陋室的病床上跟死神搏鬥時，內心就會有無盡的悲痛。兩個同胞姊妹的遭遇如此懸殊，到底是誰為之，孰令致之的呢？當年，假使你能夠及時逃出鐵幕，你個人的生命史又是否會重寫？我想：這個問題，大概只有老天爺才能夠回答了。

七十五年，《新生副刊》

輯四　偶然的不幸

輪椅與我

記得自己還在過早九晚五的日子時，曾經非常羨慕已經退休的人，年紀不算老，身體健康，夫婦兩人無官一身輕，周遊列國，寄情山水，那不是快樂勝神仙嗎？好不容易輪到自己退休了，也想與老伴出國去遊山玩水，不料老伴不爭氣，未老先衰，勉強去了美國兩次探望兒孫，去了一次大陸老家探親後，就拒絕再出遠門；而我為了照顧他多病的晚年，也放棄了個人喜愛旅遊的夢想，一拖就將近十年。

他去世以後，我雖然也出過國，但都只是探親，跟以前嚮往過的兩人攜手同遊人異其趣，不可同日而語。這個夢想破滅後，我漸漸有了歲月蹉跎之感。眼見別人退休，有人出了洋洋巨著；有人學畫成功；有人學會了電腦；有人練得一手好書法。而我，離開職場二十年了，卻是一事無成。想起童年讀過的一首詩：「明日復明日，明日何其多？我生待明日，萬事成蹉跎。人生若被明日累，春去秋來老將至……」不禁暗罵自己懶惰，不振作，沒出息，竟然浪費了二十年，讓生命交了白卷。

其實，我也並非如此自甘墮落，剛退休時也曾計劃要去學畫；可又自傷老大，沒有勇氣去參加一般的繪畫班，就退而在家裡摸索著塗鴉，可是「自學自畫」的成果太差，自己都看不順眼，不久之後，就讓畫筆、畫紙、顏料丟在一旁，投閒置散。

多年前到紐約住在大兒家，他怕老媽落伍，跟不上時代，竟不嫌麻煩，強迫我學電腦。在他密集的教學法下，我總算懂得一些皮毛，學到一門新知識。這些年，我得以用E-mail和朋友通訊，用skype和國外的兒子們通話，自覺還有一點點成就感。不幸，去年因不慎跌倒，以至右手腕骨折，加上視力日漸退化，已沒有辦法使用電腦，就變成了半途而廢的逃兵。

手腕骨折會好，退化的視力卻無法恢復，影響所及，我多年來練毛筆字與讀英文書報的習慣也不得不放棄，那才是我最痛心的一件事。到現在，我除了還不死心地用放大鏡來閱讀報紙和雜誌外，好像就沒有做過什麼有意義的事。

這還沒有什麼大不了，最糟糕的是，那殺人不見血的隱形殺手、骨質疏鬆症居然找上了我，我的腰椎因老化退化而壞死，壓迫到骨盆以及下肢的神經，使我罹患了坐骨神經痛，從三個月前的痛不欲生，寸步難行，以至如今的腰腿痠痛，跛行，仗賴輪椅，成為失能老人。

想到不久之前，我走路的步伐比同輩親友都要快，別人都誇我健步如飛，又說我耳聰目明（其實目早不明）；怎料到病來如山倒，就在五月初，我忽然失去了走路的能力，而且從骨盆到整條右腿都痠痛麻痺，連站都站不住，徹底變成了殘障的人。在這段期間，我經歷過開刀注射人工骨泥以修補壞死的腰椎；用電燒的方法來燒死神經，打止痛針；吃消炎止痛藥等，希望把死馬當活馬醫，雖然疼痛減輕了一些，但是還痛，也不能正常走路。醫生說：「就是這個樣子了，你想完全不痛，除非開刀。」這不是等於宣告療程到此為止，我的病已無藥可救嗎？

真是人算不如天算，一向自以為健步如飛的我，從五月初就不得不坐上輪椅了。老實說，坐在輪椅上很舒服，只要下肢不痛，要我從此與輪椅為伍也沒有怨尤，問題是我又痛又瘸，那就難免自憐自艾：「Why me？」

得了坐骨神經痛這種病，只能用坐立不安來形容。坐時是比較不痛，可是坐久了再站起來，下半身的關節全都變得僵硬，很難動彈；站，就甭說了，根本站不住，一站，痛的地方更痛，除非手肘有得支撐，否則別想站著做任何事，等於半個廢人。

輪椅雖然不算什麼發明，但它真是嘉惠所有行動不便的人。坐著有人推固然好，沒有人推，自己轉動輪子，也一樣可以到處去動。最近我發現輪椅還可以當作助行器使用。身體狀況較好時，我把輪椅當購物車，推著它搭電梯下樓到餐廳吃飯，到便利商店買東西，都很方便，而且還可以健步如飛，自覺往日的豪氣又漸漸恢復。

還好上天垂憐，我現在除非上街，已可以不必與輪椅為伍了。這曾經為我代步的工具，我不但不討厭它，還感謝它。使用它的時候，我把它當作我的座騎，當它四輪飛轉時還頗有馳騁之樂。還有，它是黑色的，是我的黑馬吔！最後，我要告訴你一個秘密：輪椅不使用時，放在室內當安樂椅，坐起來比沙發舒服，而且不會悶熱，千萬不要把它秋扇見捐啊！

九十九年八月二十一日，《中華日報副刊》

失去的六十天

「April showers bring May flowers.」（四月的陣雨帶來五月的繁花），四月五月是春光明媚的季節，也是我最愛的月份；可是，我今年的四、五月卻過得最黯淡，最無助。

我的右手臂裹上沉重的石膏，只露出五根手指頭，完全不能做任何事；同時，我的雙眼視力模糊，戴上眼鏡也不管用，已幾乎無法閱讀。因為我這個動作魯莽的人又不小心摔了一跤，右手腕因此而骨折；而我的眼睛因視網膜退化的關係，已有一陣子視物不清了。

說到摔跤，我的慘痛經驗可說不勝枚舉。我性子急，走路快，平衡感又不好，從中年開始，跌倒是家常便飯，有時是絆倒，有時是滑倒，有時踩空，有時碰撞。大部分是小傷，受點皮肉之痛，那倒無所謂。不幸的是，我這條右臂已是第二次骨折。二十多年前，我因天雨路滑而不小心滑倒，右手本能地往地面一撐，當場手肘和上臂都骨折，痛徹心脾，緊急送醫院急診開刀，折騰了一個月。從此我的右臂無法作一百八十度伸直，有點畸形。這次摔跤，同樣是用右手撐地，傷的卻是手腕，雖不用開刀，折磨我的時間卻比較長。

在這段日子裡，每天早上起來，我用左手穿衣、洗臉、刷牙、鋪床、吃早餐，這些都難不倒我。但是，有些事卻不是單手可以完成的，像開瓶罐、捧鍋子、切水果、縫鈕扣……，而左手又不能拿筷子和筆桿；加上視力模糊的雙眼，啥事也不能做，那段日子的無助、無告、無聊、無奈，真夠我受的。兩回都因為一次不小心的「失足」而導致一兩個月的「失手」，太無辜了。

本來，單用左手固然很不方便，但也勉強可以過日子。然而，加上視力不良，那可就問題大了。假使我要去銀行辦事，眼睛不管用，要填表格時我必須手持放大鏡，可是只剩單手的我，又怎能寫字呢？我受傷的右手可是連一張紙都拿不動的。要打電話也很麻煩，我必須先用左手用簽字筆歪歪扭扭地寫好對方的號碼（如背得出則可免去這層麻煩），再把電話筒拿下，用左手按鍵，才再拿起話筒。按電話時，假如對方要我用筆記下什麼資料，我就無能為力了。總之，視力和手都發生問題時，生活上當然會引起很多不便與失序，獨居的我也曾因此不得不僱用一名居家服務員來協助，不過我只僱用了一個月，求人不如求己，我喜歡克服困難，自力更生。

謝天謝地，被石膏包裹了六星期的桎梏終於解除，又經過了兩三周的保養，右手的功能得以漸漸恢復；而我的眼睛在接受了雷射手術之後，視力稍有改善，起碼老花和散光眼鏡恢復了原來的功用，我不必整天拿著放大鏡像個電影中的笨偵探。

右手不能使用，雙眼不能閱讀，渾渾噩噩的過了足足兩個月，辜負了窗外的大好春光，我覺得我彷彿平白失去了六十天。雖然有點懊悔，但我沒有怨尤，人生本來就有起有落，有喜有悲，肉體受點苦算得了什麼，把吃苦當吃補不就行了嗎？何況我的左手在兩個月的訓練下也學會了不少動作。

九十八年，《中華副刊》

病房瑣記

記得多年前曾經讀到一位長者的文章，他說躺在醫院的病床上很無聊，就每天瞪視著天花板上漏雨的水漬，把它們幻想成各種圖形以自娛。當時我很欽佩這位長者的瀟灑風趣，因而數十年後仍未忘懷。今年，我也有躺在醫院病床上的經驗，而且一躺一個多月，早期全身五花大綁，動彈不得，其無奈與無聊，是比前述那位長者更甚的。幸運的是，如今的醫院整潔舒適，可看的東西太多了，天花板上根本找不到漏雨的水漬。落地大窗外的大片天空，就夠我觀賞不絕。

我的病房位於十二樓，我的病床又靠窗，在我只能躺著的時候，窗外變幻無窮的藍天白雲以及不時飛過的航機就是給我解悶的良方。我想起了少年時代唸過的一首詩：「仰臥人如啞，默然看太空。太空雲不動，終日杳相同。」我不知作者是誰，也不知那是創作抑是繙譯，總之很喜歡它的意境，因此念念不忘；如今，我不就是仰臥人如啞，默然看太空嗎？我想像自己就是躺臥在草坪上仰望蒼穹。

有一個晚上，雷聲隆隆，難以入睡，我又想起了一句前人的詩「雷聲車是夢中過」；於是，我改寫成「細雨霏霏花有淚，雷聲隱隱夢中車」這兩句我自己的詩，雖不夠工整，我可是在無眠的病榻上推敲再三的。

在一般人的想像中，醫院、病房都是一片慘白，毫無色彩可言的吧？我住的這家醫院可不，它的病房顏色基調都是淺珊瑚色：牆壁、床單、枕套都是深淺不一的珊瑚色；布幔、窗簾、被褥……則是鵝黃、粉橘、米黃等色，看來柔和悅目，深得我心。我猜這位室內裝潢設計的負責人一定是女性，審美觀念一定也和我相近，要不然，為什麼這病房中的色澤都是我的最愛呢？

由於所有醫院的單人病房都是一房難求，我在開刀前夕好不容易住進了一間雅致單人房，享受了兩天的寧靜，不幸，開刀後被推進加護病房兩天兩夜，再推出來時單人房沒有了，只好住進雙人房。幸運的是靠窗的床位，光線充足，也比較有隱私，為了不想被推來推去，就此甘心落戶，一住就是三十五天。其中的苦，不足為外人道；而且，再苦也過去了，提它幹嗎？何不把一些歡樂的、有趣的經驗寫出來與人分享呢？

我因為住得太久了，而鄰床的病友大都三五天就出院，所以自覺有如十朝元老，閱人無數。住進這間病房的第一天，鄰床是一位白髮皤皤的老太太，她很友善的過來攀談，她說她是福州人，來台已六十年，只會說閩南語而不會說國語，這可真是怪事。福州話和閩南話相差甚遠，她既然學會了閩南話，為什麼學不會國語呢？我猜她大概是個不需跟外界接觸的家庭主婦吧？

的確，鄰床的病友大多數是家庭主婦，每個人都極為親切友善，相逢何必曾相識，十年修得同船渡，住在同一的病房裡，都是有緣人呀！有一次來了兩位婦女，看年齡似是母女，大概是女兒來照顧媽媽。在閑談中，我很冒昧地問：「你們是媽媽和女兒嗎？」年長的婦人說：「我是她大姑，她是我的弟媳。」這使得我很不好意思，連忙道歉。那位大姑卻不以為意，她說她五十幾歲了，孩子也三十好幾，跟弟媳差不了幾歲。事實上，比大姑年輕十一歲的弟媳皮膚白晰，天生一副娃娃臉，看來不過三十餘，又怎怪我看走眼？而那位在拉拉山種水蜜桃的大姑膚色黝黑，難免顯得老相。她們兩人是平輩，但大姑對弟媳的疼愛與無微不至的照顧，絕不下於母女，真令旁觀者羨慕。前來住院就醫的娃娃臉沉默寡言，負責照顧她的大姑卻活潑風趣，能言善道。她跟我僱用的看護一見如故，有談不完的話題。從她們生動有趣的閑聊中，我們兩個受盡折磨的病人也暫時忘卻自己身上的痛楚，這就是住雙人房的好處。

這對「母女」出院後，鄰床又住進來一位中年婦女，因為隔著一層布幔，我們還沒見過面，只知道她是丈夫陪同前來的。有一次，我的看護剛好有事走開，我床頭櫃上的電話卻響了。那時我還不能起床，伸手又夠不著電話，正不知如何是好時，只見一個禿頭、赤膊、挺著個大肚子、穿著一條短褲的矮胖男子走進來，替我拿起電話，微笑著交給我。我接過電話，謝了他。原來他就是鄰床太太的丈夫，大好人一個，失敬了。太周我講完電話，那位先生立刻又走過來替我把電話放回去。太周到了，看他的穿著，也許正準備午睡哩！我承認我是「外貌協會」的會員，往往以貌取人，像這位仁兄，平常我大概是不會跟他打交道的；誰想得到他那不討好的外表下卻有一顆善良仁厚的內心呢？一兩天之後，我跟他的太太混熟了，兩人很談得來；想不到這位仁兄跟我談得更深入。僅管我們在年齡、性別、出身、職業各方面都有差異，但我們對很多問題的看法都一致，雖不至酒逢知己那種程度，起碼是遇到同道呀！真是天涯何處無芳草，從今以後，我要徹底革除以貌取人的成見了。病房也是社會的一個縮影，二十年來我住過六次醫院，同房的每一個都是好人，有些人還好到令我心懷感激，誰說人性惡呢？生病住院當然是痛苦的事；但是只要能在小小的天地中發掘情趣，認識同病相憐的新朋友，有時也會有意想不到的收獲吧！

九十六年，《中華副刊》

刀俎與魚肉

可能是一種驚弓之鳥的心理吧？這兩三個月以來，我每次平躺在床上時，就會想到自己躺在醫院的手術檯上任人宰割的慘痛經驗。相信嗎？在短短的十三個月內，我一共接受了三次外科開刀手術，而且都是全身麻醉。而第二次跟第三次手術之間相距只有十二天。

有一位平日大而化之的朋友，在求醫時都十分小心謹慎，她一定要聽取三家不同醫院醫生的意見，才確定他們的診斷是否正確。而我這個膽怯、懦弱、沒有什麼主見的人在接受醫生主張開刀時，卻是勇敢果斷得驚人，每次都毫不猶豫地就同意。前年十二月初因為脊椎骨折開刀，這是人人聞之色變的大手術，由於風險頗大，據說稍一不慎就會導致癱瘓。然而我因忍受不了脊椎碎裂的骨頭壓迫到下肢神經，不但不能舉步，甚至站也站不住的痛楚，毅然躺上了手術檯。謝天謝地！結果手術圓滿，解除了因骨折引起的種種災難。雖然也有一些後遺症，我想這是免不了的。有一件事使我有點疑惑的是：手術過後，我發現左上臂有一大塊青紫。我知道開脊椎時，病人是要俯臥著的；我當時很消瘦，只有四十一公斤，接受了麻醉以後，醫護人員應該輕而易舉的就可以把我翻過身去，怎會把我的左臂碰撞得那麼嚴重呢？可見在他們眼中，所有的病人都只不過是一件「物件」吧？

然後，今年元月，我又因為困擾了廿年以上的甲狀腺腫塊發生變化而求醫，醫生一看就說要開刀拿掉，我又毫不遲疑地立刻答應。這不算是大手術，但也有顧慮—容易傷到聲帶而失聲；我卻膽大包天，為求除去多年的心腹大患，就不計後果而接受。本來，開個甲狀腺算不了什麼，慘的是，我竟然要開兩次。這次手術也很成功，三天後就精神奕奕的出院。正慶幸脖子恢復苗條之際，誰知回院門診時，醫生竟說開出來的甲狀腺腫狀在經過病理檢驗後發現裡面有一些「不好的細胞」。他原來替我保留了部分甲狀腺沒有切除；現在為了安全起見，他必須再給我開一次刀，把剩下的部分也拿掉。天啊！他在第一次開刀前為什麼不先做穿刺來檢查我的甲狀腺腫塊是良性還是惡性，如今卻要我多受一次罪呢？不過，情勢如此，我又有什麼辦法？現在已經不是勇敢不勇敢的問題了。於是，就在那次手術後的第十二天，我乖乖地再度住進同一病房，再度躺上手術檯。僥天之倖，第二次開出來的的甲狀腺沒有驗出「不好的細胞」，我算是逃過一劫。而兩次的開刀也都沒有傷到聲帶，我沒有變成啞巴。

十三個月內，我遭遇到三次「血光之災」，手術前後的禁水禁食；麻藥過後的噁心、暈眩；傷口的疼痛，固然使人受不了，而躺在手術檯上，「人為刀俎、我為魚肉」的恐懼與無助，更是思之猶有餘悸，不寒而慄。

除了這三次手術，在年輕時以及十幾年前也曾接受過兩次開刀，我也可算經驗豐富了。阿彌陀佛，但願有生之年不要再進手術室，平平安安活下去。我不想再做手術刀下待宰的羔羊了。

九十年，《青年副刊》

劫數

一百三十天，足足四個多月。假使每天寫一千字，可以完成一本十三萬字的作品；或者一天閱讀十頁書，也可以把自己充實一下。而我，竟然就這樣虛度了。更不幸的是，在這段日子中，我失去了攜手同行逾半個世紀的老伴，自己也受盡了肉體上的痛楚。遭逢巨變，永世難忘。我只想問天，為什麼禍不單行？真的是在劫難逃？

一切都從全台灣的人都永遠忘不了、那驚天動地、天搖地撼，彷彿世界末日來臨的「九二一」那一天開始。那個清晨，被稍早的大地震嚇得失眠了幾個小時的我，起床後發現因為停電而開飲機無法使用，就到廚房去想燒一壺開水。就在此刻，聽見臥室中發出一聲砰然巨響，趕緊衝回去察看，只見罹患帕金森症的丈夫直挺挺地躺在地上，原來他一起床就跌倒了。我走過去想扶他起來，瘦得只剩下四十幾公斤的他卻僵硬得動也不動，我使盡九牛二虎之力仍無濟於事，只聽見自己的後腰發出一種很奇怪的聲音，同時也有痛感，我知道自己也受傷了，卻想不到厄運從此開始。我打電話給住在對門的兒子求援，還好因為學校機關都放假，大家都在家。兒子和孫子立刻過來把丈夫扶上床，我則打電話給×總昨天才去看過門診的醫生，請求住院。因為丈夫本已有肺炎跡象，如今加上跌倒，醫生倒也爽快答應安排病床。中午，丈夫還可以坐在餐桌前吃飯，雖然因帕金森症引起吞嚥困難，吃得極少，但還跟平時沒有兩樣。午後，全家人送他進醫院，我去辦住院手續時，只感到骨盆兩側的尖骨在走路時有點痛，也不以為意。

第三天，我還獨自坐車到銀行辦事，並無異狀。當天下午，醫生發現丈夫因跌倒而大腿骨裂，為他開刀。

第四天，是中秋節，醫院發出病危通知，丈夫送進了加護病房，插鼻管灌食，又在喉部做了氣切，以便抽痰。我們全家都慌了，分別致電給美國的另外三個兒子，要他們趕回來。

第六天，我的腰痛開始，尤以起床時為甚，有幾個晚上我根本不敢上床，就坐在沙發上過夜。我以為是閃了腰，先是在西藥房買成藥，再來到附近的復健醫院求治，然後又是家醫科，每個人都說是肌肉拉傷，我更不以為意。後來因為越來越痛，幾乎無法走路，在家裡都要坐輪椅，就去看中型醫院的骨科（我沒有勇氣上大醫院去跟人擠），仍看不出要領。還好此時在美的三子已分別回來，否則我既不能去醫院看丈夫，自己也需人照顧，情形就更加狼狽。

後來有朋友介紹我去看一位復健科醫師，她很認真的要我做下列的「功課」：照X光、做骨質密度檢查、每天到她的診所做復健、在家裡每兩小時要上床躺一個鐘頭、訂做護腰的背架、噴昂價的抑鈣素，還要跑到很遠的大醫院去做MRI（磁振造影）。這些功課，我全部咬著牙照做了。細心的大兒子每天上午扶持我去做復健或者去做各種檢查；下午和晚上又去×總陪他病重的父親，還要買現成的食物回來給我吃，備極辛勞。自從受傷之後，我就無法買菜做飯，如今更變成了嗷嗷待哺的老鳥，天天等著雛鳥歸來。

復健做了兩個多星期，毫無進展，疼痛完全集中在兩腿，不但寸步難行，而坐起及坐下時的抽痛更不是人所能忍受的。女醫師說我的骨質疏鬆已到了極限，而腰椎的一節骨頭因我當日彎腰時過於用力，已成為壓迫性骨折，碎骨壓到神經，所以會痛到大腿上；既然復健無效，不如去住院，休息兩個禮拜，看看會不會好轉吧？

這時，丈夫已因在×總住得太久，醫院急需病床而把他轉介到一家中型醫院去。女醫師心腸很好，她認為我也不妨住到這家醫院，省得孩子們為了照顧父母而兩頭跑。當下也不容我猶豫，第二天就掛這家醫院的骨科門診，並把做過檢查的所有資料都帶去。醫生一看那張磁振造影的片子就說非開刀不可，不開刀的話，以後說不定不能走路了。聽說這位醫生是脊椎外科的專家，而且態度和語氣都很誠懇，不像某些嚇唬病人的醫生，雖則我知道脊椎開刀的風險頗大，但實在痛得不能再忍受，就勇敢地答應了。

就這樣，十二月一日，在受傷而一再被延誤的兩個多月後，我躺上了手術檯；很幸運地，手術順利，得以平安地推回病房。第二天清早，我那躺在醫院中也兩個多月，早已氣若游絲、油盡燈枯的丈夫竟悄悄地走了。他的病房在六樓，我的在五樓，隔著一層樓板，相距不遠，他卻選擇這個我臥病不能動彈的時刻離開；是放心我已動完手術還是真的氣數已盡？相隔咫尺而無法見到最後一面，寧非終生遺憾？最可悲的是，他因喉管切開，一直不能說話，以至沒有半句遺言。而孩子們接到醫院通知，趕到病床邊時，他已沒有生命跡象。

從忍受痛楚，到處求醫，住院開刀，丈夫去世，出院休養，一晃眼已四個多月，從初秋到深冬，我受盡了身心兩方面的煎熬，日子過得非常黯淡；尤其是還在休養期間，不能外出，困居室內，也就更加寂寞無聊。

記得十多年前曾經在雨天裡滑倒傷臂，開刀後一個月即照常上班；七年前被腳踏車輕輕一碰跌傷了骨盆，也是一個月即痊癒。可是，這一次四個多月了，什麼時候才能恢復正常的生活呢？我不敢怨天尤人，因為比起地震的災民，或者身罹重病或殘疾的人，我個人的不幸實在微不足道。我不迷信，但是劫數就是劫數，既然在劫難逃，就讓我默默地吞嚥著命運的苦果吧！我相信總會有苦盡甘來的一天。

八十九年二月，《青年副刊》

軟腳蝦・跛腳鴨

「早上四條腿，中午兩條腿，晚上三條腿」，猜一動物。謎底是「人」。這是一則十分通俗的謎題。四條腿指的是嬰兒時期的爬行，三條腿則是指老年往往不良於行，必須藉助拐杖，等於多了一條腿。

這是一則富有巧思和哲理的謎語；不過，人到老年要是靠著一根拐杖便能行走，並不算可悲。若是因為中風、半身不遂或受傷等因素，必須坐上輪椅或者使用支架、助走器等，那就等於無腿或變成四條腿、六條腿，這才叫災情慘重。

我雖然已有資格坐上博愛座，但一向自恃身體硬朗，平日健步如飛，完全沒有龍鍾之態。不料，前陣子被一輛自行車撞倒在地造成骨折，甚至不能舉步，最後還真是變成了六條腿。

話說那天，還差幾分鐘就到家了，穿了一整天的皮鞋，走了大半天的路，腳趾上的雞眼開始疼痛。我一心想著晚上要貼上雞眼藥了；一時分了神，就在橫跨馬路，快要踏上人行道時，忽然被什麼東西撞了一下；我搖搖晃晃失去平衡，就跌倒在地上。這時我才發現一輛自行車倒在我後面，兩個國中小男生過來攙扶我站起來。想舉步，可是左大腿根部的一條筋劇痛，我已失去行動能力。

兩個小男生還算有良心，說要招計程車送我回家。我不知道自己受傷到了什麼程度，只好答說：「不如先去治療吧！」於是我請他們扶我到電話亭打電話，請媳婦來接我。不消幾分鐘，她便騎機車來到，載我往一家跌打診所去就醫。

來到這家跌打師的診所後，他們讓我側躺到病床上，問明了那裡痛，就拿來一個極為厚重的雪白熱墊，隔著一層紗布，在我的左臀及大腿上做熱敷。最後還在痛處敷藥，貼上膠布，又開了幾包藥散給我。前後折騰幾近一個鐘頭，這才大功告成。

如此一連去了四次，疼痛似乎全無好轉，那幾天我的傷處痛得使我無法成眠，也無法轉側，只能直挺挺地躺著。而傷處愈來愈疼痛，簡直就是坐立不安，動輒得咎，難過極了。

幾天後，心中不免納悶這次被自行車撞倒，除了左手有極輕微的擦傷，以及大腿內側有幾塊烏青外，可說完全沒有外傷，要是單單扭了筋，會這樣痛楚嗎？

治跌打傷害的師傅也主張我去照X光。於是在拖延了六天之後，我終於走進一家公立醫院的骨科門診、照了X光。

果然不出醫生所料，我的左邊骨盆裂了大約一英寸，所以才會痛延臀部及左腿。醫生語重心長地說：「大部分五十歲以上的婦女都會有骨質疏鬆現象，稍稍摔一下就會骨折，要注意補充鈣質哦！」

誰教我從來就不喝牛奶呢？數年前已經因為不小心滑倒而斷過臂，這次雖然只是小傷，但是也夠折磨人的，這也算自作自受，自食其果吧！

可能看我症狀輕微，骨科大夫只開了一個月的藥給我服用，並要我去買一個助走器，在沒有復元以前，就不必別人攙扶了。於是，我變成了一個六條腿的怪物——兩條人腿加上四條金屬的細腿。

真想不到那樣輕輕一摔，居然要付出這麼大的代價：扭了筋，折了骨，刻骨銘心的痛楚，不能行走，不能抬腳，不能彎腰，不能拿重物；剛開始那幾天更是食不知味，夜不成眠，恍如重病一場。

我不知道我什麼時候才能再恢復以往健步如飛的能力。這次的小意外，不但肉體受盡折磨，更痛心的是，浪費了許多寶貴的光陰。

經由自己的遭遇，我要奉勸所有已經躋身老人行列的讀者，一定要多喝牛奶（最好是低脂或脫脂的），吃小魚乾，喝骨頭湯，或者服食鈣片；多曬太陽，多運動，以減少骨質的流失。我聽說過有人只不過打一個噴嚏就造成骨折，你相信嗎？

原來生龍活虎、健步如飛的我，如今是變成軟腳蝦、跛腳鴨了。這怪得了誰？怪交通混亂？怪那兩個騎自行車的小男生？怪自己不小心？這些全是理由，也全不是理由。一朝被蛇咬，十年怕草繩，我已成驚弓之鳥，以後上街，除了自求多福也更要珍視自己的身體，力求健康才行囉！

八十四年，《聯合報・繽紛版》

右手失靈的日子

提起筆來，從來沒有像現在這樣沉重過。這並非是因為文思不暢，抑或是心情不佳，而是生理上的影響。此刻，當我手握原子筆在稿子的方格上一個字一個字的寫下去時，我的右手偶然會不聽大腦指揮，筆劃也就不受控制；右手肘的傷口有時隱隱作痛；下臂的肌肉在用力時也有點痠痛。但是，我還是要寫，我失去右手的機能已將近兩個月，如今雖然還沒有完全恢復，起碼我已能夠寫字了，我要把我憋了一個多月的許多話傾吐出來，我要把我這次無妄之災的慘痛經驗寫出來，好讓別人引以為戒。

失足？失手？

去年十二月三日中午十二時三十五分，我跟我的幾位同事在桃源街一家麵店吃罷美味的牛肉麵後分手，那時，雨下得相當大，到處都溼漉漉的。快走到博愛路和沅陵街口街角的人行道上時，因為前面有一部競選的車子停在那裡，擴音機叫得震天價響，很多人在圍觀，我原是個最怕熱鬧的人，並不想擠進人叢裡，只想在經過時看看究竟。心裡這樣想著，腳步也隨著加快，就在一秒鐘之內，我腳底一滑，人跌坐在泥濘的人行道上，右手本能地往地上一撐，立刻一陣劇痛通過我的右臂（左手拎著皮包和雨傘），低頭一看，薄外套右邊的袖子裡面有一根尖尖的東西頂著，心知不妙，一定是臂骨折斷了。這時，有幾名好心的路人圍攏過來，有人端了一張椅子來扶我坐下，有人在研究我到底是骨折還是脫臼；還有一位女士願意替我打電話。

這個地點距離我的辦公廳很近，我就請她打到我的辦公廳去，隨便請任何一位同事來送我進醫院。五分鐘後，同室的玉珍就來了，謝天謝地，她還沒有離開辦公室。因為臂痛難當，急於求醫，我就請玉珍攔一部計程車送我到距離最近的臺大醫院去急診。

急診處一晝夜

很幸運的生平從來不曾進過任何醫院的急診處，想不到，這次自己竟然成為急診處的一個病人。

急診處的外科有兩三名醫師在當值，高腳的活動病床上躺著兩個看來傷得並不嚴重的病人。他們聽了我的陳述後，我急他們不急，只是一個勁兒地要我們去掛號去繳費，去照X光。這時我的傷臂已不能垂下，必須用另一手捧著，那種痛楚，真是椎心澈骨，無法形容。

強忍著痛苦照了X光的結果，醫生告訴我果然是右上臂骨折、手肘關節碎成五六片，要動手術。但是總醫師正在開刀房開刀，要到四五點才下來。你們到外面去等吧！醫生這樣對我說。我是在一點以前就來掛急診的，卻要等上三四個鐘頭，大概因為我不是那種滿身是血的傷患吧？

這時，醫生已替我用三角巾把傷臂吊起，一副傷兵的模樣。因為上班時間已過，我請玉珍用電話通知老伴，她先回辦公室去。我一個人獨坐在急診處的一角，傷臂不但痛楚難當，而且還陣陣抽搐，這恐怕是我有生以來最孤獨無告的一刻了。中午所吃牛肉麵的味精開始作怪，我覺得奇渴，一隻手又無法去取得開水，只好忍耐，何況醫生也吩咐過在開刀前不能吃喝的。

在度秒如年中等了將近半個鐘頭才盼到了老伴，原來他到了臺大醫院卻找不到急診處，白白浪費了不少時間。有了他在身旁，感覺安心了許多，可是肉體上的痛苦卻是沒有人能夠分擔的。

五時左右，有一位個子小小的年輕大夫走過來對我說：「我是骨科總醫師，我已經開了一整天刀了，可是你的傷不輕，今天晚上八點鐘我替你動手術。」說著，他要我們再去看X光片，他指著那已經折斷的上臂骨和四分五裂的手肘關節，面色凝重，頻頻搖頭。

從這個時候開始，我就得接受種種手術前的準備：換上開刀病人的衣服躺在高腳床上，一會兒被推去做心電圖，一會兒又再推去照X光。一面抽血作檢驗，一面找血管打點滴。我的靜脈血管又細又沉，幾名醫師輪流在我的左手手背和左腕上刺了不下十次才能把針頭插進去，使我在未開刀前就吃盡了苦頭。

七時，我被推到急診處樓上的留置處等候。放眼望去，四面靠牆處都排滿了病床，每張病床都躺著傷患，床側也都有兩三名家屬或站或坐，甚至有人高聲談話，喧鬧有如菜市場。這時，我的家人環繞著我，我的心情倒很平靜；但是，當接近八時，一位護士和一位工友來推我經過一條長長的甬道，入手術室時，也不知是由於害怕還是冷氣太強，我竟然全身發抖起來，而且抖得十分厲害，直到麻醉師拿了一個黑的罩子靠近我的鼻子，並且不斷地要我做深呼吸，麻藥漸漸發生作用，不久我就失去了知覺。

也不知過了多久，我彷彿聽見有人在呼喚：「太太，你醒一醒！」一聲一聲的呼喚，由遠而近，我心裡明白自己是一個剛從開刀房出來的人，勉強睜開眼睛，看到了站在床側的兒子的臉，於是又安心的睡去。

再度醒過來的時候，我發現自己在急診室留置處眾多的病床中的一張，兒子坐在旁邊的椅子上打瞌睡，窗外露出了曙光，他一定是徹夜守在床側。受傷的右臂痛得很厲害，憑直覺我感到了它的沉重和嚴密的包紮。醫生們是不是根本沒有為我醫治，只是打上了石膏就算了？因為那種痛楚跟剛受傷時一樣，因此我竟有這樣幼稚的想法。

口乾得很難受，想叫兒子給我水，可是我發不出聲音來。就在這個時候，兒子醒了過來。我用左手作了個喝水的手勢，他馬上會意把一杯水用吸管給我喝了。他告訴我：我是在晚上十一時許從手術室被推出來的，手術經過三小時，醫生說過程很順利。爸爸現在在家裡，是他把他趕回家去的，爸爸身體不好，怎能熬夜？

兒子工作很忙，我心疼他一夜沒睡怎能回去上班，就用微弱的聲音把這意思表達了，兒子答應請假半天回家睡，我這才放下一顆歉疚的心。

天亮以後，丈夫來接班，讓兒子去休息。從那個時候直到下午四時許才由友人輾轉託人在骨科女病房要到一張床位。否則，我還不知道要在這雜亂有如難民營、呻吟聲處處的急診處躺多久呢？

骨科病房

生平除了生產外不曾住過院，沒想到這次的無妄之災，卻要住進臺大醫院的二等病房。素以一床難求著名的臺大醫院，據說只有特等（醫藥費要以四倍計算）和二等之分，一般病人住的都是大眾化的二等病房，我自然也不例外。

護士把我推進病房，送上第二張病床上，然後對我說：「你是這裡面傷得最輕的一個啊！」後來果然知道最裡面一床的少婦遭受到嚴重的車禍，全身皆傷；左右兩床的阿巴桑則都是換人工膝關節的。住進這間病房以後，除了車禍的少婦因距離過遠，沒法跟我交談外，左右兩床，對我都十分親切。我自手術後因口渴沒有食慾，整天只是喝水，除了吃一個橘子外，不曾進食。這時，護士要我服藥，鄰床的太太連忙問我有沒有吃過東西，她說，空肚吃藥對胃不好啊！真謝謝她的提醒，我的確已有將近三十個鐘頭沒有進食了。

這時的我，傷臂裡上了從肩頭直到手腕，在手肘處彎曲成一百度的石膏，石膏沉重，傷臂疼痛，裡面還插著一根讓污血流出來的管子，左手也插著管子打點滴。從開刀後直到一個多月後，我都只能採取仰臥的姿勢；此刻，更是無法動彈，連坐起來都要人扶。

晚上，替我開刀的骨科總醫師來看我，這時我才知道他的名字是陳英和。他告訴我：「你的手肘骨頭破碎得很厲害，我幾乎像是玩拼圖遊戲那樣用不銹鋼釘子把它們接起來的。將來還要再開一次刀把它們拿出來啊！」

陳醫師對病人的親切和藹，從以後一次又一次的門診中更是表現無遺。臺大醫院病人之多也是出了名，在那間狹小的門診室裡，儘管被一大堆病人和家屬七嘴八舌的包圍著，陳醫師卻從來不曾露出不耐的顏色，總是有問必答，不像別的大牌醫師一副愛理不理的樣子。

平常，無論在家或出門，我對睡覺的環境是相當挑剔的，現在，躺在這間四張病床的病房中，房門大開著，門外的走廊就像大街一樣，什麼人都可以走過。房間內外燈火通明，房間裡除了四張病床外，每兩張病床之間又臨時架起了三張躺床，各躺著一位病人的丈夫（女病房居然准許男性過夜，也是怪事）。我的床側則是坐著一位護佐，因為我的家人都無法在夜間來陪我，只好花錢僱人。在這種環境中，而我又只能直挺挺地躺著，居然卻一夜酣眠，這大概是生理上一種自然的需求吧？

很幸運地，在骨科病房只住了五天，陳醫師就讓我出院。在這五天之中，我跟同房的病友相處得很好，整天談談笑笑，連她們的丈夫也往往加入一起「開講」，日子倒也過得很快。不過，住這種房間，等於作了一次個人隱私的大公開。因為病人都無法離開病床，吃喝、會客、排洩、擦澡（後兩項只能用屏風遮擋）……都在這上面；於是，個人的起居習慣、家庭狀況和社交圈子，旁人都可以一目了然。

我這次跌傷住院，由於大家告訴大家的結果，也驚動了不少人：親戚、同事、文友、鄰居，天天都有人到醫院來看，我也極力裝出一副輕鬆狀，跟來探視的親朋好友嘻嘻哈哈一番，倒也不覺寂寞。

單手萬能

我在十二月八日下午，右臂裹著石膏回家。很奇怪，在醫院裡躺在病床上時傷臂並不怎麼痛，回到家裡的頭幾天，卻是大痛特痛起來。不但開刀的傷口有如刀割，上臂時有箍緊的痛，而整條右臂的筋也常常抽搐著，痛得我幾乎流眼淚。

當然，不痛的時候我是好端端的。我用左手洗臉、刷牙、梳頭、吃飯（用湯匙和叉子代替筷子）；有時，遇到單手不能應付的，我就「窮則變，變則通」一番。譬如吃藥時要打開藥包，而我的右手是完全沒有力氣的，我不想事事靠人，就用牙齒幫忙扯開藥袋，因而解決了一天四次的服藥問題。又譬如要打開大型的抽屜，一隻手是沒有辦法的，我就用左手先把抽屜的左邊拉一下，再把右邊拉一下，兩邊拉它十一二次，抽屜也就打開了。我是個相當頑強，不容易屈服的人。既然健康的人標榜「雙手萬能」，我這個暫時「失手」的人，是也要以「單手萬能」期許自己的。因此，在這個期間內，除了感到不方便外，日常生活倒也不受影響。醫生吩咐我要靜養四星期，起初，覺得度日如年，不久，我就居然把日子安排得相當「忙碌」。

最主要是因為耶誕將到，海外親友的賀卡陸續寄到，這時，我已開始練習用左手寫字，寫得雖然難看，也寫得很累很慢；可是我起碼從在醫院裡剛學寫時的字不成形，到今日的清晰可辨，自覺頗有「成就感」，也覺得自己的左手越來越能幹。

我每天用左手記日記，回耶誕卡和慰問卡，甚至寫信；在電話中跟好友聊天；聽遍每家電臺的古典音樂；閱讀；看電視；雖然杜門不出，日子過得相當充實。好友艾雯寄來一張慰問卡，她抄了蘇東坡的兩句詩給我：「因病得閑殊不惡，安心是藥更無方」。這兩句詩以前雖已讀過，當時並沒有特殊感受；如今，卻是覺得異常受用，心裡時常想著東坡居士這兩句既瀟灑風趣而又深含哲理的詩，對自己的這次無妄之災，也就感到無怨無尤。

第二次手術

我的傷臂在手術後四週拆去石膏（同時也恢復上班），又再吊了兩星期三角巾。陳醫師看過X光照片後，說我的骨頭癒合得不錯，決定讓我的手臂恢復自由。拿掉石膏的時候固然有如釋重負之感，但同時也失去了安全感，怕被東西碰到傷口。而解開三角巾後，那隻一直彎曲了六星期的手臂更是不知如何擺放，它不但無法垂直，而且在垂下時手臂彎內側會痛，因此我改用一根大衣的腰帶吊在脖子上垂到腰下，讓我的手有所憑藉。直至幾天後我的傷臂習慣了自由，才不再吊。

出院後，每隔兩星期要回臺大門診，在這期間，有兩根接骨的鋼釘滑動到肌肉裡，陳醫師都很輕易的為我割開一個小洞把它拿掉。但是，還有三根鋼釘在手臂裡使我痛苦難當。一月廿二日門診時，陳醫師要我再度住院動手術把那三根鋼釘（兩根橫鎖在手肘關節，一根在上臂）拿掉，使我不再受苦，也比較容易復健。

於是，在大家忙著準備過年的時候，我卻住進醫院裡，妙的是居然還回到一個多月前手術後的那張病床上。這時，我幾乎是個健康的人，要我待在病房裡，多麼無聊。除了以閱讀消磨時間外，我試著用右手寫字，想不到竟成功了。當然，手有點發抖，不怎麼受控制，也寫得比較慢；但是，一種失而復得的心情，也使我狂喜。我就在等候開刀的十幾個鐘頭裡，完成了一封寫給香港娘家家人的信。

那個夜裡，同房的病友統統出院回家過年了，我一個人「享受」整個病房，一點也不害怕，把房門鎖起來，電燈也關掉，竟然一夜熟睡到天明。

從午夜起禁止飲食，我忍受著飢渴之苦直到第二天中午，又被推進像冰庫似的手術室。聽說陳醫師已開了一個上午的刀，我問他累不累。旁邊的護士回答說：「陳醫師是著名的鐵人，他不會累的。」

當然，對他們而言，開這種刀是小意思；而我，雖然是手術室的識途老馬，卻依然害怕得渾身發抖。這次令我最痛苦的是接受麻醉。第一次手術時的麻醉方式是採用吸入式，我很快就失去了知覺。這次，麻醉師卻是在我的右邊鎖骨上用力揉揑（後來我發現那個地方破了一個小洞），痛得我哇哇直叫，很久以後才失去知覺，也很快就醒過來，隱隱感覺到醫生正在替我縫傷口。回到病房後，陳醫師來看我，第一句就說：「辛苦你了！」這固然表現了他對病人的親切，言下之意，大概也是指我在接受麻醉時所受的苦楚吧？

傷臂中的鋼釘拿掉，整個人都輕鬆起來，除了新開刀的創口有點痛以外，原來的各種痛都消失了。第二天，我也回家過年，漸漸恢復雙手並用的正常生活。

呼籲與感謝

經過這次小小的劫難，痛定思痛，檢討原因，可說是天時、地利、人和都不宜。下雨；行人道是光滑的磁磚地面；

而我，因為下雨而穿上不透水的塑膠底皮鞋；滑上加滑，終於釀成這樁小小的「慘劇」。中年以上的婦女大都有骨質疏鬆的毛病，容易骨折，我有不少朋友都有過這種慘痛經驗，所以在走路和下樓梯時務必小心。而家裡打蠟的地板，鋪滿磁磚的浴室、公共場所光可鑑人的大理石地面，統統都是危險的陷阱。如今的我，不但走路時戰戰兢兢，如履薄冰，而且再也不敢穿鞋底完全平滑的鞋子。我誠心的呼籲所有公共建築都不要把地面弄得太光滑，以免害人，這也是積德的善行之一啊！

這篇蕪文，從一月卅一日開始動筆，到二月廿一日才完成。起初是手酸的關係，不敢多寫，有時又因事忙擱下；感謝上蒼，這二十一天之內，我的右臂日有進步，雖然還不能完全伸直，也不能完全彎曲，但是能夠做的事情日日增多，起碼在書寫的能力上已完全恢復。

我還要感謝所有在我養傷期中親自來探望我、用電話安慰我、寄慰問卡片給我的親朋好友，謝謝每一位關心我的人的溫暖親情和真摯友誼。

七十六年三月二十六日，《青年日報》

【附錄】畢璞作品目錄

《故國夢重歸》，短篇小說，臺北市：文友出局，四十五年十月。

《風雨故人來》，中篇小說，臺北市：皇冠出版社，五十年十一月。

《十六歲》，中篇小說，高雄市：大業出版社，五十一年六月。

《心靈深處》，短篇小說，臺中市：光啟出版社，五十三年一月。

《一個真的娃娃》，兒童文學，中興新村台灣省教育廳，五十五年五月。

《寂寞黃昏後》，短篇小說，臺北市：商務印書館，五十六年三月。

《難忘的假期》，兒童文學，中興新村台灣省教育廳，五十六年四月。

《心燈集》，散文，臺北市：立志出版社，五十七年九月。

《春風野草》，中篇小說，臺北市：博愛圖書公司，五十七年六月。

《秋夜宴》，短篇小說，臺北市：水牛出版社，五十七年八月。

《陌生人來的晚上》，短篇小說，臺北市：皇冠出版社，五十八年二月。

《綠萍姊姊》，短篇小說，臺北市：東方出版社，五十八年九月。
《心底微波》，散文，臺北市：驚聲出版公司，五十八年十二月。
《再見秋水》，短篇小說，臺北市：三民書局，五十九年二月。
《橋頭的陌生人》，短篇小說，臺北市：立志出版社，六十年七月。
《心靈漫步》，散文，臺北市：彩虹出版社，六十四年一月。
《無言歌》，散文，臺北市：水芙蓉出版社，六十四年四月。
《黑水仙》，短篇小說，臺北市：水芙蓉出版社，六十六年三月。

《烽火一麗人》，翻譯小說，臺北市：長橋出版社，六十七年一月。
《逃婚記》，翻譯小說，臺北市：長橋出版社，六十七年九月。
《畢璞散文集》，散文，臺北市：道聲出版社，六十七年九月。
《溪頭月》，短篇小說，臺中市：學人文化公司，六十七年九月。
《浪莽林野》，翻譯小說，臺北市：長橋出版社，六十八年一月
《冷眼看人生》，雜文，臺北市：水芙蓉出版社，六十八年三月
《秋瑾傳》，傳記，臺北市：近代中國出版社，六十八年五月／八十三年五月雨墨文化公司重印。

《心在水之湄》，散文，臺北市：道聲出版社，六十八年七月。
《出岫雲》，短篇小說，臺北市：中央日報社，六十八年九月。
《逃》，翻譯小說，臺中市：學人文化公司，六十九年七月。
《清音》，短篇小說，臺北市：水芙蓉出版社，七十年九月。
《午後的冥想》，散文，臺北市：堯舜出版公司，七十一年六月。
《革命筆雄章太炎》，傳記，臺北市：近代中國出版社，七十二年六月。
《化悲哀為力量》，兒童文學，臺北市：近代中國出版社，七十二年六月。
《春花與春樹》，散文，臺北市：大地出版社，七十三年七月。

《明日又天涯》，短篇小說，臺北市：采風日報社，七十六年三月。
《畢璞自選集》，小說、散文，臺北市：黎明文化公司，七十六年八月。
《第一次真好》，散文，臺北市：文經社，七十七年七月。
《老樹春深更著花》，散文，臺北市：東大圖書公司，八十二年三月。
《有情世界》，短篇小說，臺北市：台北縣立文化中心，八十六年七月。
《去年紅葉》，散文，臺北市：文史哲出版社，九十一年八月。

秀威經典　語言文學類　PG1450　樂齡族01

老來可喜【修訂版】

作　　者／畢　璞
責任編輯／陳思佑
圖文排版／周妤靜
封面設計／王嵩賀

出版策劃／秀威經典
發 行 人／宋政坤
法律顧問／毛國樑　律師
印製發行／秀威資訊科技股份有限公司
114台北市內湖區瑞光路76巷65號1樓
電話：+886-2-2796-3638　傳真：+886-2-2796-1377
http://www.showwe.com.tw
劃撥帳號／19563868　戶名：秀威資訊科技股份有限公司
讀者服務信箱：service@showwe.com.tw
展售門市／國家書店（松江門市）
104台北市中山區松江路209號1樓
電話：+886-2-2518-0207　傳真：+886-2-2518-0778
網路訂購／秀威網路書店：http://www.bodbooks.com.tw
國家網路書店：http://www.govbooks.com.tw

2016年2月　BOD一版
定價：450元

國家圖書館出版品預行編目

老來可喜 / 畢璞著. -- 一版. -- 臺北市 : 秀威經典, 2016.02
面 ; 公分. -- (樂齡族 ; 1)
修訂版
BOD版
ISBN 978-986-92379-9-4(平裝)

855 104024760

讀者回函卡

感謝您購買本書，為提升服務品質，請填妥以下資料，將讀者回函卡直接寄回或傳真本公司，收到您的寶貴意見後，我們會收藏記錄及檢討，謝謝！如您需要了解本公司最新出版書目、購書優惠或企劃活動，歡迎您上網查詢或下載相關資料：http:// www.showwe.com.tw

您購買的書名：＿＿＿＿＿＿＿＿＿＿＿＿＿＿＿＿＿＿＿＿

出生日期：＿＿＿＿＿年＿＿＿＿＿月＿＿＿＿＿日

學歷：□高中（含）以下　□大專　□研究所（含）以上

職業：□製造業　□金融業　□資訊業　□軍警　□傳播業　□自由業

□服務業　□公務員　□教職　□學生　□家管　□其它＿＿＿

購書地點：□網路書店　□實體書店　□書展　□郵購　□贈閱　□其他

您從何得知本書的消息？

□網路書店　□實體書店　□網路搜尋　□電子報　□書訊　□雜誌

□傳播媒體　□親友推薦　□網站推薦　□部落格　□其他＿＿＿＿

您對本書的評價：（請填代號　1.非常滿意　2.滿意　3.尚可　4.再改進）

封面設計＿＿　版面編排＿＿　內容＿＿　文／譯筆＿＿　價格＿＿

讀完書後您覺得：

□很有收穫　□有收穫　□收穫不多　□沒收穫

對我們的建議：＿＿＿＿＿＿＿＿＿＿＿＿＿＿＿＿＿＿＿＿

＿＿＿＿＿＿＿＿＿＿＿＿＿＿＿＿＿＿＿＿＿＿＿＿＿＿

＿＿＿＿＿＿＿＿＿＿＿＿＿＿＿＿＿＿＿＿＿＿＿＿＿＿

＿＿＿＿＿＿＿＿＿＿＿＿＿＿＿＿＿＿＿＿＿＿＿＿＿＿

請貼
郵票

11466
台北市內湖區瑞光路 76 巷 65 號 1 樓
秀威資訊科技股份有限公司 收
BOD 數位出版事業部

（請沿線對折寄回，謝謝！）

姓　　名：＿＿＿＿＿＿＿＿　年齡：＿＿＿＿　性別：□女　□男

郵遞區號：□□□□□

地　　址：＿＿＿＿＿＿＿＿＿＿＿＿＿＿＿＿

聯絡電話：(日)＿＿＿＿＿＿＿＿(夜)＿＿＿＿＿＿＿＿

E-mail：＿＿＿＿＿＿＿＿＿＿＿＿＿＿＿＿